「聖女であろうと、なかろうと。
あなたがどこへ行かれようとも。
私はいつでもあなたをお護りいたします」

Illustration 安野メイジ

CONTENTS

秋月忍 Akitsuki Shinobu
Illustration 安野メイジ
この度、私、
聖女を引退
することになりました

この度、私、
聖女を引退することに
なりました

I will retire
as a saint

久しぶりの帝都からの使者が告げたのは、思ってもいない言葉だった。

「えっと。ようするに、定年ですか?」

「そろそろご勇退の時期、と申し上げました」

うやうやしく首《こうべ》を垂れる宮廷魔術師のネイマール・ラゴニス。ネイマールとは私が聖女になる前からの付き合いだ。その知性を感じさせる黒い瞳はそのままだけれど、ブラウンだったはずのネイマールの髪の毛は、まっしろになっている。月日の流れは早い。

とはいえ、六十すぎたネイマールより、先に引退するとは思わなかった。

私は椅子の背もたれに身体を預けながら、思わず執務室の天井を仰ぐ。

齢《よわい》、四十。そりゃ、最近、無理がきかないなあって思っていたけれど、聖女に定年制度があるとは知らなかった。まあ、外見的に『聖女』って、言葉のイメージがきつくなってきたかもしれないとは思う。聖女の法衣の基本は白で、年齢を選ばないデザインではあるけど、やっぱり一般的には清楚可憐な若い娘が着るイメージだろう。

私、ソフィア・グラスリルは、十八の時から、『境界の塔』で、この国を守る聖女として暮らしている。

『境界の塔』は、文字通り、魔界と人間界の境界線にある森の入り口に建てられていて、人間の世界を守るための塔である。

「二十二年もの長き間、聖女の責務をつつがなく全うされ、魔のモノを魅了し続けたこと、後世まで語り継がれましょう。輝かしき功績にございます」

ネイマールの口調は、私の経歴が既に『過去』になったことを示している。

「まだやれるとは思いますけど?」

半ば納得はしつつも、ほんの少しだけ抵抗を試みた。

「常ならば、せいぜい十年の『聖女』職。惜しまれるうちに退かれるのが、華にございますれば」

「華、ねえ」

聖女は、皇族の中から魔力と歌唱力の高い者が選ばれる。

やることは、塔の屋上のステージで、呪歌を歌うこと。魔のモノは、魔力を帯びた音楽を聞くと、凶暴化しないことがわかっている。

特に、魔力のこもった『歌唱』はてきめんな効果があるのだ。

あと。聖女は恋愛禁止。

恋愛スキャンダルをおこすと、なぜか魔のモノが攻めてくるらしい。理由はよくわからない。

呪歌の音楽性やら、聖女の歌唱力とかに難があってもダメ。

魔のモノは美しい人間界の音楽を求めているらしいのだが、不満があると普通に殺戮を始めて、しかもとても強い。そうなったら、こっちは音楽どころじゃない。

とりあえず、彼等《かれら》には音楽を与えて、落ち着いてもらうのがベターなのだ。『境界の塔』近くの森は、非常に資源も豊かで、希少資源も多い。国としては絶対に確保しておきたい場所である。

幸い、私が就任中、そこまで大きい戦いになったことはなかったけれど、ちょっと喉の調子が悪かったりすると、森がざわついたりしたことはある。

彼等は、とても耳が肥えているのだ。

でも、まあ。いくら『外見』は関係ないとされているとはいえ、魔のモノも若い女性の方が良いのかもしれない。

ちなみに、この聖女というお仕事。

非常に『名誉』ではあるけれど、それほど人気のあるお仕事ではない。周囲は森だし、お年頃なのに恋愛禁止で、パーティもお店もない。一歩間違えれば、戦闘に巻き込まれる可能性もある。

あの当時、あまり若い女性に人気のある職場ではなかった。多分、今もそれほどないと思う。

私の先代は、一年で塔に軍役中の警備隊長とねんごろになって、出来婚スキャンダルでやめてしまった。

そういう事情で、急な話だったからとにかく誰か行かないとという感じで、私は聖女になったのだけど。

正直、私には居心地よかった。

三食ついていて、呪歌を歌うだけでいいなんて！

いや本当、社交界とか正直苦手だったから。

とはいえ。『境界の塔』は、常に魔界との最前線である。

幸い私は二十二年、大きな戦乱もなくのりきったけれども。このまま老いていけば、声も出なくなるかもしれない。

魔のモノは、音楽に煩《うるさ》いのだ。彼等にダメ出しされてからでは遅い。それは、私一人の問題ではないのだから。

「老兵は去らねば、ですか」

私は大きくため息をついた。

それにしても。聖女をやめたら、どうなるのだろう。

歴代の聖女は、帝都に戻ると名のある臣下に嫁ぐことが多かったように思う。

ただ、普通に考えて、四十歳の私に嫁ぎ先はあるのだろうか。

そういえば、五年前、兄が即位をした時に縁談があるから引退しろと言われたけど、魔のモノが動きだしてしまって、うやむやになってしまったこともあった。

腹違いの兄である陛下も、妹を中途半端な貴族に嫁に出すわけにもいかないだろう。

私の母は孤児で、神殿で育ったそうだ。神殿の合唱団で魔力を見出されて、呪歌の歌い手として訓練を受けたらしい。そこで頭角を現して、宮殿に呼ばれるようになったとか。

結果、恋か遊びかはわからないけど、前皇帝のお手がついて、私が生まれた。

つまり直系ではあるけど、身分的には低いから継承権は遠いという立ち位置だ。

母が事故で亡くなって、宮殿に引き取られたのが十二歳のころ。

そんな私は、当時宮殿で腫れ物扱いされていた。

それは過去のことであるけれど、母の実家のない私は、陛下の妹であっても政略結婚の相手としてはあまり美味《おい》しくない。

「帰ってもする事なさそうだから、新しい聖女のバックコーラスとか、新しい歌の作曲とかで、ここに残ってはダメですかね」

「何をおっしゃっておられるのですか。ダメに決まっております」

ネイマールは片眉を器用につりあげた。

「陛下はソフィアさまのお帰りを心待ちにしておいでです。出来るだけ早くお戻りを願います」

「わかりました。後任の方がお見えになったら、引継ぎます」

ネイマールが深く頭を下げるのを見ながら、私は頷く。

「絶対ですよ。ここに残るなどとおっしゃらないでくださいね？」

「……わかっていますわ」

そこまで言われなくても、引退しますよ。

それにしても、帝都に帰って、何をすればいいんだろう。

私は大きくため息をついた。

「まもなく、新しい聖女さまがご到着です」

侍女のカーラが私を呼びに来てくれた。

塔の生活を支えてくれる使用人たちは、中央から派遣されてくる者たちと、家族と共に塔周辺に住み込んでいる者たちで構成されている。カーラは後者で、もう十年も私の身の回りの世話をしてくれている。カーラは私より十歳年長だ。お子さんは二人。いずれも帝都に住んでいるらしい。夫のフェイドが塔の料理長に赴任することになったことをきっかけに、こちらに移り住むことにしたそうだ。

フェイドもカーラもとても優秀で、帝都にいても仕事はたくさんあると思うのだが、都会の喧騒がそれほど好きではないらしい。住めば都というが、多少不便なことは否めないけれど、ここでの生活は時がゆっくり流れていて静かなのは間違いない。

「ええ、わかったわ」

私は姿見に自分を映して、銀の髪を簡単に結い上げた。母と同じ青い瞳だが、鏡の中の自分は四十歳となった。二十五歳で私を産み、三十七歳でこの世を去った母を追い抜いている。

カーラの知らせについて、先ぶれは来ていたから、驚きはしない。ただ、ネイマールが引退勧告に来てから、十日しかたっていない。帝都と塔が馬で片道三日かかることを考えると、私が了承することを前提で、話が進んでいたとしか思えない。が、季節的に、初夏の今ぐらいの時期の方が移動しやすいということもある。すべては兄の計画通りということなのだろう。

「護衛はどなたが？」

「グラウ・レゼルト将軍だそうですよ」

「グラウが？」

カーラの答えを聞き、私は不思議な想いに満たされた。

グラウは、私がここに着任した時の護衛の騎士だ。私と同年代でもあり、顔なじみだ。

「懐かしいわね」

「さすがに将軍になられてからは、塔に来られることもめったになくなりましたからね。若いころは、帝都でご婦人に言い寄られるのが煩《わずら》わしくて、こちらに来ているという噂もありましたが」

くすくすとカーラは笑う。

この『境界の塔』での軍役は、ほぼ半年周期なのだけど、彼は数年おきにやってきて、しかも来るたびに出世していた。警備隊長になった時は、例外的に、一年半も赴任していた。

どう見てもエリートなのに、どうしてたびたびこちらに配属されていたのかは謎だ。帝都にいたくない事情があると勘繰られても不思議はない。聞いた話によれば、ここでの軍役をこなすことは、出世に必要ではあるらしい。でも、何回もは必要ないと思う。余程中央に睨《にら》まれているのだろうか。

家族も困るだろうに。理由について聞いたことはない。そもそも、彼の家族構成などは知らない。

彼だけではない。私は、自分から男性と積極的にかかわることを避けてきた。

例外を作ったら、簡単にそこからほころびが生まれる。聖女の恋愛は禁忌なのだから。

「それはそうよ。戦時ならともかく、将軍が帝都を離れて、ここの軍役につくなんてありえないわ。まして、最高剣士の称号も持っているのよ？　陛下の側近なのだから」

「そうですわね」

まだ何か話したそうなカーラとの話を打ち切って、私は新しい聖女を迎えるために、彼女を伴って馬車どめのところまで出向く。

日は傾き始めていて、辺りは朱色に変わりつつある。

日中は暑かったものの、涼やかな風が吹き始めていて、森の木の葉を揺らしていた。まるで、新しい聖女を歓迎して歌っているかのようだ。

やがて、風の囁《ささや》きの向こうから、馬の蹄《ひづめ》の音が近づいてきた。

颯爽《さっそう》と門をくぐってきたのは、黒馬に乗ったグラウだった。後ろに続くのは、飾り立てた二頭立ての馬車と荷馬車が一台ずつ。それに武装した騎兵が二十騎。実際には、そこまでの護衛は必要ない道のりではあるけれど、『聖女』は国の要でもある。こういう物々しさは必要なのだ。

「おひさしぶりでございます。ソフィアさま」

グラウは馬を従卒に預けると、私の前にひざまずく。長身で均整の取れた鍛え上げられた身体《からだ》は、少しも昔と変わらない。ダークブラウンの短い髪。すっきりと通った鼻筋に、意志の強そうな口元。まつ毛は長く、くっきりとした二重だ。昔から人目を引く美丈夫であったけれど、年を経て甘みが薄らぎ、少し渋みが増したようだ。深い緑色の瞳は、理知的な光をたたえている。

「お変わりなさそうで、何よりにございます」

にこりと微笑《ほほえ》み、優雅な慣れた仕草で私の手にキスをした。

グラウの緑色の瞳に、私の姿が映る。真っすぐに見つめられて、不覚にも胸がドキリとした。騎士としてはごく普通の所作で、どうということでもないはずなのに、思わず慌てて手を引っ込めてしまう。いくらグラウが美形だからとはいえ、我ながら余裕が無さすぎだ。

「将軍自ら護衛とは驚きました」

動揺を隠すために、私は慌てて口を開く。聖女は、心を揺らしてはいけないのだ。

「陛下の次の聖女への期待が、伝わってきますね」

いくらここが魔界との最前線とはいえ、平時に将軍がこの塔へ来ることは異例だろう。もちろん、大軍勢を引き連れてきたわけではないけど。

私の時は、将軍じゃなくて、副将軍だったような気がする。もっとも人数的には変わらない。そうか。この事は考えたらいけないことだ。不毛なことになりそうな考えを、私は打ち切る。

一番の要因は、兄と父の考え方の違いなのだろう。

「もちろん、それもございますが、ソフィアさまを無事、帝都にお連れするのも重要な任務でござ

います」

「ありがとう。心強いわ」

私はにこやかに笑みを返した。

森に日が沈み始め、ますます影が長くなっていく。私が着任したときは、こんなに穏やかな様子ではなかった。塔の防壁にあちこち襲撃の跡があり、駐屯していた兵たちはピリピリとしていた。

『大丈夫です。絶対にあなたは守ってみせます』

深まっていく森の闇に怯えていた私に、そう言ってくれたのは、若き日のグラウだ。

旅慣れていない私の世話を焼き、そして聖女の責務に押しつぶされそうな私を随分と励ましてくれた。

そう。ちょうど、初めてここに立った時のことだ。

『あなたが聖女をお辞めになるときは、きっと誰からも祝福されて辞めることになります。その時は、必ず私がお迎えに参ります』

穏やかに微笑んで、先ほどのように、私の前にひざまずいて誓ってくれた。今でも鮮明に覚えている。グラウは忘れてしまったかもしれないけれど。

もっとも、はからずもその言葉が現実になった。私は、彼の言った通り祝福されて辞めるのだと感じる。

だからきっと、私は幸せなのだろう。私は彼をはじめとするたくさんの人に守られて、今まで務めてこられたのだから。

「ソフィアさま、こちら、リイナさまです」

グラウが馬車から降りてきた少女を紹介してくれた。

「お初にお目にかかります。ソフィアさま」

長い金髪がさらりと流れる。線が細くて、透明感があり、妖精のように可愛《かわい》らしい。

「慣れない旅でお疲れになったでしょう？　儀式《ステージ》は明日ですから、ひとまずゆっくりとなさってね」

「はい。ありがとうございます」

無理やり笑みを浮かべようとしているが、表情が硬い。

「カーラ、リイナさんをお部屋へ案内して差し上げて」

「承りました」

カーラが頷き、リイナを導いていく。

「緊張しているみたいね」

カーラと共に歩いていくリイナの動きは、緊張のあまりにギクシャクしている。無理もない。かなりプレッシャーを感じているのだろう。私もそうだった。

「懐かしゅうございます」

不意にグラウが、リイナの背中を見ながらくすりと笑う。

「初めてここにいらした時、ソフィアさまもあのように怯えておられた」

「そうね」

帝都を出たことなどなかったのに、突然連れてこられた最前線。肩にのせられた責任も重くて、逃げ出したくて仕方がなかった。

「初めてここに来た日は、怖くてたまらなかったわ」

そんな私をグラウは知っている。

「こうしてあなたと話していると、まるで昨日のことのようね」

二十二年の時を経て、私の『聖女』の仕事の『最初』と『最後』に彼が関わることになったのは、本当に不思議な縁だ。

恋愛禁止の聖女だから、他人とあまり関わらないように生きてきた。

そんな中で、彼は数少ない友人のように思える。私は何も変わらないけど、彼はもはや将軍閣下。私と違って、いろいろあったのだろう。二十二年は、長いのだ。

気が付くと、騎士たちは既に兵舎へと入って行ったのだろう。私とグラウだけが夕闇の中に取り残されていた。

日が沈んで、森に風が渡っていく。まだ初夏のせいか、急に肌寒く感じた。

「まだ、日が沈むと冷えます。お風邪《かぜ》をめされてはいけません」

ふわっと、肩に何かがかけられた。大きくて、自分以外の体温を感じる温かいもの。

グラウの軍服だと気が付き、頬がかっと熱くなった。

「ありがとう」

礼をのべながらも、私は思わず顔を背ける。黄昏時《たそがれどき》で、顔色がわかりにくくて良かったと思う。

私はまだ『聖女』なのだ。深呼吸をして、冷静を装う。こんなことで、動揺してはいけない。グラウの行動は騎士として自然に行ったことなのだから。

「引継ぎの儀式《ステージ》、無事に終えられますことをお祈りしております」

私の動揺には気づいていないかのように、グラウは静かに頭を下げた。

「ありがとう」

私は微笑む。

「ねえ。将軍」

空は紅から紫へ、そして暗い青色に変わっていく。あたりが暗くなり始めて、グラウの表情がわかりにくくなってきた。

「最後の儀式《ステージ》は、あなたも見てね」

ここへ来て最初の儀式《ステージ》は、兵に守られての歌唱だった。森はざわめいていて、今よりも禍々《まがまが》しい空気を放っていた。自分の歌を魔のモノが受け入れてくれるかどうか、不安でたまらなかった。

『あなたならできる』

あの日、怯える私の背中を押してくれたのは彼だ。

だから、最後もそばで見ていてほしい。

「もちろんでございます」

グラウは、静かに頭をさげる。

肩にかけられた上着は、グラウと同じ匂いがした。


新しい聖女のリイナは、十六歳で、私の従兄《いとこ》の子供らしい。

ぴちぴちの肌に、大きな青い瞳。長い金髪。そして可愛らしい声。

発声練習を少し行ったのだけど、小鳥のように優しい歌声だった。技術的にも相当に優れていて、魔力も高い。そして、何より歌うことが好きだと伝わってくる。彼女なら間違いなく、魔のモノも気に入るはずだ。まさしく、絵にかいたような『聖女』の誕生となるだろう。

「初めてのことで緊張しているから、食事どころではないと思うけど、しっかり食べて」

「はい」

引継ぎの儀式《ステージ》は、明日の夜。

慣れない旅の疲れは簡単にはとれないかもしれないけれど、早く歌ってしまった方が、きっと気が楽になると思う。

明日は私と一緒だから、かえってやりにくいかもしれないけれど、引継ぎが終わったら、翌日には私は塔を去る。

今後は私でなく、彼女が『塔』の要になるのだ。

今日は、彼女と楽団の人間との引き合わせを兼ねた、私とリイナの歓送迎会だ。楽団メンバーは全部で八名。普段は歌う呪歌によってメンバーが変わることもあるゆえの人数である。

本当は、塔の関係者全員を集めたいところだけれど、それほど広くない塔の食堂ではこれが限界の人数だ。軍の関係者には別の食堂があるため、この食堂を使う人間は、もともとそれほど多くない。それに、彼女も疲れている。あまり派手にするのも気が引けた。

魔道灯に灯された光がテーブルに並べられた料理を照らしている。料理長のフェイドが腕によりをかけたものだ。森で採れる様々な果物に山鳥のロースト。温かなスープに焼き立てのパンの香ばしい香りもしている。

今日は塔の人間や軍の方にも、振る舞い酒が用意されたらしい。

儀式《ステージ》のある明日でないのは、明日は人間たちの騒ぐ日ではないからだ。あくまで、儀式《ステージ》は魔のモノに対して行われるもので、『仕事』なのである。

「ソフィアさまのお母さまも、伝説的な歌姫だって伺いました」

ひととおりのメンバー紹介が終わったところで、リイナが食事をしながら、遠慮がちに口を開く。

「聞いたところによれば、宮殿中の人間が、思わず聞き入ってしまう歌声だったと」

「どうなのかしら。母は私を産んだあと、怪我《けが》をしてから人前で歌うのをやめてしまって、舞台に立っているのは見たことがないの」

私は苦笑する。母は私を産んで間もなく、足を負傷して表舞台から退いた。その後は誰に乞われても、歌うことはなかったらしい。ただ、私に歌を教えてくれる時だけ歌っていた。だから私は、母が晴れ着を着て、宮中で歌っていた時代をまったく知らない。

呪歌と普通の歌の違いは、基本、魔力で遠方まで届くようにする効果があげられる。もちろん、それだけではなくて、詞やメロディにこめられた感情を聞くものに増幅させて届かせる効果もあったりする。

ただ感情面は、もともとその『曲』が持っている力の方が大きくて、歌い手の『魔力』がどこまで関係しているのかは、研究者にもわかっていない。だから『呪歌』は歌唱法に近い。

母は、魔力がとても高かった。聞き入ったかどうかはわからないけれど、宮殿中に響き渡らせるくらい力があったというのは事実だと思う。

帝都で歌を習っていたころ、私の『魔力』は、他の皇族と比べても段違いだとよく言われた。たいていの皇族は一般人よりも魔力が高い傾向があるのだけれど、私の場合は父より、孤児から魔力を見出されて昇りつめた母譲りのように思う。

「レナリアさまは、それはもう、本当に素晴らしい歌声でした。それに歌声だけではなく、天女のように美しい方で一度見たら忘れられないようなお方でございました」

口を挟んできたのは、楽団の最高齢のメンバーのヴァルダ。たしか既に五十五歳なのだけど、外見的には年齢不詳の美女だ。楽団のメンバーのほとんどは、帝都から派遣されてきて一年交代だが、彼女は塔の庭師と結婚してここに住み着いている。彼女は、私の母に魅かれて、音楽を始めたと聞いている。娘として母が褒められることは嬉しい。でも、彼女の場合はかなり思い出が美化されているような気がしなくもない。

「もちろん、ソフィアさまはレナリアさま以上に素晴らしく、お綺麗でいらっしゃいますが」

「そうだとすれば嬉しいわ。リイナ、ヴァルダはとても音楽に詳しくて、呪歌の作曲もするのよ」

私はヴァルダの誉め言葉を受け流して、楽団のメンバーを一人ずつリイナに紹介していく。

楽団のメンバーを選ぶのは、基本、帝都の宮廷魔術師で、聖女に任命権はない。けれど、メンバーをまとめ、最終的に呪歌を選び歌うのは聖女であるリイナだ。

塔の音楽は娯楽でも芸術でもなく、国防であるから、いつだって命懸けだ。聖女は塔の人間だけではなく、国家の安全を背負っている。音楽が乱れれば、魔のモノはてきめんに反応する。楽団のメンバーもそのあたりは心得ていて、聖女の歌唱を全面的にサポートしてくれる人ばかりだ。

「魔のモノは世にも恐ろしい姿をしていると聞いておりますけど、怖くないのですか?」

リイナの心配はもっともだと思う。確かに、彼等は私たちの世界の生き物とは似ても似つかない。目も鼻も口もなく、暴れ出したら止まらない。人の手ではどうにもならないほどのパワーで、ありとあらゆるものをなぎ倒していく。私も全く怖くないと言ったら、嘘だ。

「儀式《ステージ》は、いつも夜に行うから姿は見えないわ。でも、存在は感じる。大丈夫。魔のモノは、きっとあなたを受け入れてくれる」

毎日が戦場なのは事実。だけど、必要以上に怖がる必要はない。

「ねえ、リイナ。儀式《ステージ》の最後は、あなたと二人でデュオをしたいのだけど、いいかしら？」

「本当ですか！　光栄です！」

リイナの目がキラキラと輝く。急に周りが明るくなったように感じた。

ああ。本当に若さって眩《まぶ》しいな、と思う。

「新旧の聖女のデュオとは、歴史的な儀式《ステージ》となりますね」

ヴァルダもまた、少女のように興奮しているようだ。他のメンバーの目もリイナの輝きを反射するかのように、生き生きとし始める。

若さって、不思議なエネルギーがある。そこにいるだけで、周りの人間にも活力を与えるのだ。

私もリイナのおかげで、久しぶりに胸がわくわくしてきた。

「歴史的かどうかはわからないけれど、全力で歌いたいわよね」

私は頷《うなず》き、ティーカップに手をのばした。

楽団のメンバーたちが音合わせを始めている。夕日の朱色に包まれて、森の緑が黒い影に変わり始めた。

今日は、彼女と私の引継ぎの儀式《ステージ》。

つまり、私の引退歌唱の日だ。そしてそのことは、前回の歌唱の際に告知済みだ。魔のモノが、それを理解しているかどうかはわからないけれど。

気のせいか、日が傾くにつれ、『境界の塔』の周りの森は、いつもより気配が濃密になっている気がする。

私だけでなく、彼等にとっても『特別な日』になっているのかもしれない。

私たちが歌う場所は、塔の屋上。屋上は円形になっていて、雨除けの屋根が半分だけついている。聖女のための舞台だ。普段は、警備が二名ほど片隅に立つだけなのだけど、今日は、護衛隊と駐在の兵が完全に観客として脇に座っている。もちろん、グラウもだ。一応、森に向いた舞台正面は、開けた状態なので、劇場感覚でいうなら脇にだけたくさん客がいて、正面はがらりとした感じだ。

儀式《ステージ》はあくまで、魔のモノに対するもの。人間は歓声も拍手もしないのが、暗黙のルール。

聖女は常に、虚空に向かって歌い続けるのが日常だ。

「私、きちんと務まりますでしょうか？」

震える声で、緊張を隠せないリイナ。真新しい聖女の法衣は、私のものとは違う色使いだ。私の法衣は白地に金と青の刺繍《ししゅう》だけれど、彼女は白地に金とピンクの刺繍がほどこしてある。若い彼女にとてもよく似合っていて、本当に可愛いらしい。

「大丈夫よ。魔のモノは、音楽にうるさいけれど、あなたなら、大丈夫。私よりずっと上手《じょうず》ですもの」

私は、彼女の肩を叩く。お世辞ではなく、本心からそう思う。彼女の歌は、まさに天使の歌声だ。

今日は、私とリイナ、そして楽団のほか、コーラス要員のフルメンバーがスタンバイした。

歌唱は、日が暮れると同時に始めることになっている。

普段は、一回に一曲が決まりだけど、今回はリイナとのデュエットを含めて、五曲の予定。リイナはデュオをふくめて三曲。計七曲だ。

呪歌は、普通の歌と違って魔力を消費するから、歌いすぎると倒れてしまうけれど、やらせてほしいと、周囲に頼み込んだのだ。楽団のメンバーも了承してくれたから、今日はかつてない曲数になる。最後だから。全てを出し切って、忘れられない思い出にしたい。

やがて、森にゆっくりと日が落ちる。曲順は、初めに私が四曲を披露し、次いでリイナが二曲歌い、私とリイナのデュオで終わる予定だ。

私は、舞台の魔道灯に明かりを灯す。

「二十二年間。務めて参りましたが、今宵《こよい》が最後となりました。聞いてください」

通じているのか、それどころか聞いているかどうかもわからない。それでも魔のモノに私は語りかける。

私は渾身の力を込めて、歌った。


魔の森に無数の明かりが明滅し始めた。

歓声も拍手もない。だが、濃密な魔のモノの気配は、明らかに私たちの呪歌を聞いている。

無秩序に光っているわけではなく、呪歌に合わせて色を変え、歌詞を彼等なりに表現しているのだ。

私とリイナが歌い始めると、金と青とピンクの光が森にあふれる。

魔のモノは、新しい聖女を歓迎し、そして私をねぎらってくれているらしい。

意思疎通の難しい相手が心を開いているという初めての体験に、リイナは涙を流し始めた。

その気持ち、とてもよくわかる。

そう。私も初めての時、めちゃくちゃ感動したのだ。私の最初の時は場が荒れていた。ここに立った時は、森の木々をなぎ倒すような音が響いていた。震えながら歌い始めると、森がしだいに静寂に変わっていったのだ。そして、森に現れた洪水のような光の輝きを見た時、魂が震えたことを覚えている。

あれから二十二年間。とても懐かしい。

こんなふうにここまで心を開いてくれることは、めったになかったけれど、だからこそ嬉しい。

「本日は誠にありがとうございました」

私とリイナが歌い終えると、地鳴りのような響きが森から聞こえてきた。

「あれは？」

「たぶん、スタンディングオベーションよ」

私は笑う。

「大満足ってことだと思うわ」

森の明かりが明滅する。満天の星空が、森の中に落ちてしまったかのようだ。

「ソフィアさま、また、御一緒できますよね？」

リイナが私の手をぎゅっと握りしめる。

「機会があればね」

私は微笑む。

帝都に戻って、何をするかはわからないが、聖女の仕事に戻ることはないだろう。ここにまた来るとは思えないけれど、一緒に歌いたいとは思う。

「ソフィアさま、もう一曲だけ、歌っていただけませんか？」

「え？」

私は既に五曲歌っていて、魔力はほとんど残っていない。

「アンコールって、言っています」

森からの地鳴りがとまらないのは事実だけど。

「ソフィアさま、やりましょう」

ヴァルダが涙を流しながら、私に歌うことを勧める。慎重な彼女にしては珍しい。

他のメンバーも同意する。みんな私と同じく、この大きな高揚感に包まれているのだ。

余力を残しておくのが、この仕事の鉄則。でも、仕事は今日で終わりだ。

「わかったわ」

私は、力を振り絞って歌い始めた。

森が白と青と金の光に満ちて、うねるように波打つ。私の法衣と同じ色で、私の歌に合わせて森は瞬き続けた。

鳴りやまない地鳴りの音を聞きながら、私は歌い終えると、意識を失った。


次の日の早朝、私はひっそりと部屋を出た。

見送りは無用と、皆に告げてある。別れの挨拶はしたくなかった。

ずっと仕えてくれていたカーラにも、顔を出さないようにお願いしてある。引継ぎは既に済んだ。

この塔の聖女は、リイナとなったのだ。もう、私のいる場所はない。

あらかじめ頼んでおいた通りに、塔の前には既に馬が並べられ、出発の時を待っている。

今日の私は紺地のドレス。もう、聖女の法衣を着ることはない。

二十二年間過ごした割には、私物は少なかった。いや、私物をそろえようにも、店がないというのもあるのだけれど。私物をまとめたかばんを持っておりていくと、軍服姿のグラウが出迎えてくれた。

「昨日は、素晴らしい儀式《ステージ》でした。思わず歓声をあげたくなってしまいましたよ」

かばんを私から受け取り、部下に渡しながら、ねぎらってくれる。

魔のモノに関して言えば、『魔力』がこもっていないとダメだから、塔の儀式《ステージ》では、必ず『呪歌』が歌われる。もっとも、人間にとっては、多少心が揺さぶられやすい程度で、歌唱法の域を出ていない。だから、人間と魔のモノで音楽の評価が違う可能性はある。

魔のモノの物言わぬ反応ももちろん嬉しいけれど、実際に聞いてくれた人間に『言葉』で褒められるのは、格別に嬉しい。

「ありがとう。リイナは本当に優秀な聖女ね。安心して退けそうよ」

「ソフィアさまほどではありませんけどね」

「お世辞でも嬉しいわ」

私は微笑む。

昨日、一緒に歌って思った。若い子のみずみずしい感性には、かなわない。

まだできると思っているうちに、退くのも大事だなと思う。特に聖女の仕事は、国の安全がかかっているのだから。

「馬車へどうぞ」

グラウに案内され、そちらへ向かおうとして、ちょっと足がもつれた。

「ソフィアさま？」

倒れそうになったところを、グラウに支えられた。大きなかたい胸の感触にドキリとする。

「大丈夫ですか？」

情けない。

ちょっと、昨日、無理しすぎた気はする。疲れが取れにくくなったのは、年ってことだろう。

「大丈夫よ」

「顔色がよくありませんね」

グラウが私の顔を覗き込んできた。

「魔力切れを起こしてしまいましたから。回復に時間がかかるの。若くないわね」

思わず苦笑する。

やっぱり、引退は正解だ。やったことはなかったけれど、昔なら、たぶんケロリと回復していたと思う。

「ご無理は禁物です」

突然私の身体が宙に浮いた。

「えっと？　ちょっと、将軍？」

この年で、お姫さま抱っことか、嘘でしょ？

重たいだろうに、グラウは、顔色一つ変えることなく、抱き上げている。

「ごめんなさい。重いですよね？」

「いえ。なんでしたら、帝都までこうしていても構いませんよ？」

申し訳なさに謝ると、いたずらっぽく微笑まれてしまった。

どう答えたらよいかわからない。

グラウは頷き、私をそのまま馬車に座らせた。

「ゆっくりと参ります。ご気分が悪くなられましたら、いつでもお声掛けを」

「ええ。ありがとう」

ようやくにそれだけ言葉が出てきた。

今のは、騎士なら当然の行動だ。それにいちいち小娘みたいにドキドキしてはいけない。

少し優しくされたくらいで、こんなに動揺してはダメだ。

顔を赤らめて可愛らしい年代とは、もう違うのだから。

やがて。

馬車がゆっくりと動き出す。窓の外の森は静かで、去っていく私を優しく見送ってくれているように思えた。


二十二年。

その間、帝都カルカに戻ったのは、父の葬式と兄の即位式の二回だけ。

グラスリル帝国の帝都カルカは、ルナント川沿いにある。川の青と白い城壁とのコントラストが美しい。

石畳の通りにオレンジ色の屋根が続く街並み。宮殿は少しだけ高台にあって、街からは見上げる形だ。

石造りの街だから、それほど外観に大きな変化はない。ただ、馬車の窓から見える人びとの服装は、微妙に変化している。流行とは無縁の塔での暮らしとは違って、少しずつ世界は変わっていっているのだろう。

宮殿の外観も街並みと同じで、それほど変化はなかったが、内装は随分と変わったようだ。

入り口に飾られていた美術品は片付けられていて、季節の花が飾られていた。

宮殿全体が明るくなったようで、非常に温かみを感じる。もっとも、生花を飾るということは、美術品以上に日々気を配る必要があるので、これはこれで贅沢だなと思う。

内装の変化は、たぶん代替わりで皇妃が変わったからだろう。皇妃のディナは、私の昔の音楽仲間。侯爵家の令嬢だったのだけど、魔力が高くてリュートを習っていた。パーティなど社交の場で、お話しできる数少ない友人だった。兄と知り合ったのは、私がきっかけだったらしい。二人は私が塔に行った一年後、電撃的に結婚した。

結婚式に出席したかったけれど、それはかなわなかった。塔の生活にようやく慣れたころだったから、どの程度儀式《ステージ》の間隔を空けてよいものか、わからない時期で仕方なかった。

この内装は、彼女の趣味を反映していると思えば納得である。

もっとも彼女は、当時のメアリー皇妃、今の皇太后と折り合いがあまりよくなくて、結婚当初は随分と苦労したと伝え聞く。私は塔にいたので実際のところは知らない。ただ、皇太后は、兄の結婚相手は皇族から選びたかったとの噂で、侯爵家出身の彼女に対して風当たりが強かったとしても不思議ではない。

とはいえ、ディナの実家のリステガルド侯爵家は、経済的に盤石だ。しかも代々宰相を務めていて、その娘が皇妃になってもどこからも文句など出ない名家である。実際のところ、経済的にリステガルド家より貧しい公爵家はいくつもあると聞く。

皇太后が彼女を敵視したのは、たぶん、私と私の母のことがあるからだと思う。そう考えるとディナに対して、申し訳ない気分になる。

宮殿に帰ってきた私は、客室に案内された。

二間続きの部屋で、庭に面している。落ち着いた雰囲気の部屋だ。

荷物を運び入れたものの、荷解きをするべきか迷う。いつまでここにいるのか、まったくわからないからだ。聖女でなくなった今、私はどうなるのだろう。兄に予定があるならともかく、そうでないなら自分で身の振りかたを考えなければいけない。そうなると困るのは、頼るべき親族が全くいないという点だ。とりあえず、兄は私を放り出したりはしないだろうけれど、私はいい年をした大人だ。いつまでも兄に頼りっぱなしというわけにもいかない。

「ソフィアさま、陛下がお待ちです」

ノックの音がして、ネイマールが私を呼びに来た。

見知った顔に少し落ち着く。

「ありがとう」

私はネイマールの案内で、謁見室へと向かった。

そういえば、兄のルパートに会うのもすごく久しぶりだ。兄、と言っても腹違いの兄だ。兄は優しかったけれど、兄の母であるメアリー妃は私を嫌っていた。今思えば、兄はかなり立場的に苦しいのに私を護《まも》ってくれていたと思う。私の聖女の任期がかつてないほど長くなったのは、メアリー妃が原因と言われている。ただ、嫌いたい気持ちはわかるし、仕方のないことだと思う。嬉しくはないけれど。

皇太后は、現在離宮住まい。今は、兄である皇帝と皇妃、皇太子などのいわゆる兄の家族だけがこの宮殿に住んでいる。兄の即位を期に離宮に引っ越したのだそうだ。

そういえば、兄の即位式で帝都に戻った時、縁談があるから、引退しないかと言われたのだけれども。魔のモノが侵攻を始めてしまい、とりあえず私は塔に戻ることになった。結局、そのまま『聖女』の座に居座ってしまった。あの時の縁談は、どうなったのか聞いていないけれど、きっと流れたのだろうなあと思う。今さら誰との縁談だったのか聞いても、仕方のない話だ。

あの時、今回みたいに、聖女の選出が済んでいれば、すんなりいったのかもしれない。なんにせよ、過ぎ去ったことだ。今さら掘り返しても誰も得をしない。

謁見室に入ると、やや頭に白いものが混じり始めた兄ルパートが玉座に座っていた。

兄は私より三つ上。金色の髪に深い緑色の瞳。ほんの少し体が丸くなったように思える。

「ああ、ソフィア、ようやく戻ったか」

兄は、心から安堵したようだった。

「長きにわたり、よく務めてくれた。本当に礼を言う」

「陛下」

「もっと早く連れ戻してやりたかった。俺の不徳の致すところで、それが叶わなかった。許してくれ」

兄は、前皇帝である父が、妃に遠慮して私を呼び戻さなかったことを、後ろめたく感じているのだ。聞いたところによれば、兄は、たびたび父に意見をしていたらしい。

「いえ。私、向こうの生活があっていて、快適でしたわ」

兄への気遣いではなく、心からそう思う。

実際、帝都に戻ってどうしようかと思っているのだ。一応皇族だけど、兄の家族の住んでいることの宮殿に今さら同居させてもらうのも申し訳ないし、離宮を建てるのも大袈裟《おおげさ》だ。

「お前の今後のことは、ゆっくり考えるとして。実は、戻ってきたばかりのところ申し訳ないんだが……ネイマール、あれを」

「はい」

ネイマールが、兄に頷いて、一枚の書類を持ってきた。

くるくると巻かれたそれを開くと、引退記念独演会《リサイタル》と銘打ってあって、どうやらその計画書らしい。場所は、兵舎のようだ。

「実を言えば、ソフィアの任期中、『境界の塔』への軍役に行きたいという兵が多くて、非常に助かってはいたのだが」

「何の話ですか？」

兄は何を言っているのか。

『境界の塔』は、最前線だし、辺境だし、娯楽もない。ついでに女性も少ない。ここ最近は、大した戦闘はなかったけれど、兵たちが赴任して楽しい場所ではないはずだ。

「さすがに、リピーター希望が多いと、赴任者の平均年齢が上がっていくという問題があってな」

「おっしゃっている意味が、わからないのですけれど」

兄は、コホン、と咳払いをした。

「簡単に言えば、兵たちの前で歌ってくれ。引継ぎの儀式《ステージ》を見られなかった者が、ストライキを起こしそうなのだ」

「へ？」

どういうことなのだろう。聖女は引退したほうがいいと言ったのは、兄ではないのか？

「お前は知らぬだろうが、『境界の塔』に赴任した兵のほとんどが、お前のファンなのだ。『境界の塔』の聖女交代の『儀式《ステージ》』の護衛は、志望者が多くてたいへんだった」

「そんなバカな」

そんな素振り、誰もしなかったように思う。いや、まあ、観客は『無反応』でなければいけないルールだ。でも、『良かった』って実際に言ってくれたのは、グラウだけであった。

「聖女の歌は魔のモノしか聞いておらぬわけではない。当然、塔に配属になった兵も聞いておる」

それはそうだけど。

「とにかく、だ。儀式《ステージ》を見られなかった帝都の兵たちが、不満を抱いている」

兄は頭を抱えている。とても信じられないけれど、本当なのだろうか？

「独演会《リサイタル》は七日後。あと宮廷で慰労パーティがある。本当は、早いとこ聖女を引退してもらわねばならぬ理由もあるのだが、まずはそれからだ」

「わかりました」

引退しないといけない理由って何なのだろう。

それはともかく、聖女って、無観客状態で歌うのが常だ。誰も見に来てくれなくても、ダメージを受けることはない。独演会《リサイタル》をやることで、兄が安心できるのなら安いものだ。

私は半信半疑のまま、承知することにした。


その日の夕飯は、兄のルパートをはじめとする兄の家族と一緒に取ることになった。

「ソフィアさま。おっしゃっていただければ、髪は私が結いますよ」

ブラシで髪をとかしていたら、侍女のロゼッタが驚きの声を上げた。

「まあ。それなら、お願いできるかしら？」

私は、ドレッサーの前に腰を下ろしたまま、ロゼッタに頭を下げた。

ロゼッタは、兄がつけてくれた私担当の侍女だ。侍女にしては、少し目つきが鋭すぎる気もするけれど、細やかなことに気の付く、まだ若い女性である。

「本当に銀色でお綺麗な髪ですね」

彼女は私の髪を丁寧にくしけずり、結い上げていく。

「とても器用ね」

「ありがとうございます」

サイドに編みこみを入れながら、美しく後ろでまとめ上げてくれた。

「パーティに行けそうなくらい、素敵だわ」

「とんでもございません。パーティなら、もっと頑張らないといけません」

ロゼッタは、本気でそう思っているらしい。これで十分だと思うのに。

塔にいた時は、基本的に自分で結っていたから、価値観にずれがあるのかもしれない。

「ドレスはこちらをお召しになりますか？」

「ええ」

私は、やや薄手のブルーのドレスを着る。

「おかしいかしら？」

「いえ。とてもよくお似合いです」

ロゼッタは、頷いてくれたけれど、かなり前に作ったドレスだから、年齢にあってないとか、流行遅れとか、そういうことは実はあるかもしれない。なかなか言いにくいだろうな、とは思うけど。

それについては、仕方がない。ドレスを作ろうにも、『境界の塔』には仕立師がいなくて、半年に一度、御用聞きに来てくれる程度だし、法衣を着ていることのほうが圧倒的に多かったのだから。

「それでは、食堂までご案内をいたします」

「あら？　ひとりで行けるわよ？」

「いえ。宮殿の内部も変わっている場所がございますから、おひとりで出歩かれない方がよろしいかと」

ロゼッタは丁寧に頭を下げる。

さすがの私も宮殿で迷子になるとは思わないのだけど、言われてみれば、これだけ内装が変わっているのだから迷ってしまうかもしれない。私は素直にロゼッタに従うことにした。

もっとも、皇帝とその家族が食事をとる食堂は、昔と場所は変わっていなかった。内装も記憶とあまり違いがない。白い壁に、大きな窓。明るい魔道灯が壁にかけられていて、テーブルにもランプが灯されている。ここで食事をするのは皇帝の家族と、たまに招かれる重要な客人だけだ。使用人や騎士たちの食堂は、ここではなく、別の場所に作られている。

私はロゼッタに促され、ゆっくりと食堂に足を踏み入れる。正直に言えば、昔の私はここではなく、使用人たちの食堂で食べることが多かった。今の皇太后が私と食事をすることを嫌っていたためだ。

だから、ここでの食事は客人が来るなどして、形式上やむを得ず呼ばれた時だけだから、息がつまる記憶ばかり残っている。

今日はどちらかと言えば、私が『客』なのであるけれど、年甲斐もなく、体がこわばってきた。

「そんなに緊張するな」

先に座っていた兄が苦笑する。長方形のテーブルに座っているのは、兄と、皇妃、そして兄の子供である皇太子と、皇女。

私の席は、どうやら兄の隣らしい。ここでは、いつもテーブルの一番隅に座っていたのにと思う。そのことを思い出すと遠い過去のことなのに、心の奥が重くなる。辛い想い出というのは、意外としつこいものだ。

皇妃の横に座っていた青年が立ち上がって、私のところまでやってきて一礼してくれた。

「叔母上、ギルバートです。お会いできるのを楽しみにしておりました」

今年十八歳になる、この国の皇太子だ。とても利発そうな目をしている。若いころの兄によく似ているなと思う。深い緑色の瞳は本当にそっくりだ。髪の色だけディナと同じブラウンだから、全く同じというわけではないけれど。

「こんばんは。私も会えて嬉しいわ」

私が笑むと、彼は私の手を取り、テーブルまでエスコートしてくれた。兄が言い含めていたのかどうかは知らないが、実に自然でびっくりする。もう立派な紳士だ。

「ソフィア叔母さま、ライラです」

にこやかに挨拶をしてくれたのは、十六歳の皇女。皇妃のディナとよく似ている。目がとても大きくて、可愛らしい。目の色は濃い茶色。髪の色は兄と同じ金色をしている。

「こんばんは。ご夕食にご招待いただき、ありがとうございます」

ギルバートの引いてくれた椅子に座り、私はディナに微笑んだ。

「招待だなんて。ここはソフィアさんの家でもあるのよ？　そんなにかしこまらないで」

皇妃のディナの目はとても優しい。なんだか胸がじんわりと温かくなった。

「正直、お前はここにあまり良い思い出はないかもしれないとは思ったのだが」

兄がそっと肩をすくめる。

「一度くらいは、皇帝として聖女を迎えるのではなく、兄として妹の帰りを祝いたかった」

「ありがとうございます」

私は頭を下げる。なによりも、兄のその気持ちがとても嬉しい。

母が死んで、宮廷で暮らすようになった私を、誰よりも気遣ってくれたのは、父ではなく兄だった。

「叔母さまは、ここが嫌いなの？」

ライラが首をかしげた。

「そんなことはないわ。私、ここであまり食事をしなかったというだけなの」

「ふうん？　お部屋で召し上がってたの？」

「そうね」

私は軽く笑んだ。

「よくお弁当にしてもらって、実験小屋で食べたりもしたのよ」

「ソフィア」

兄が私を咎《とが》めるように見る。

「すみません。陛下。あれは、私と陛下だけの秘密でしたね」

私は笑いをこらえながら詫びる。

秘密、と言っても、誰もが知っていたことだ。宮殿で居場所の少なかった私のために、兄が作ってくれた場所。でも、兄はきちんと父に許可をとっていたのだから、本当は秘密でもなんでもなかったのだけど。

「実験小屋って何ですか？」

ギルバートが首をかしげる。

「見張り台のそばに石造りの建物があったのだけど」

「えっと。物置小屋ですか？　あそこはずっと使われてなくて、鍵がかかっているのですが」

「そう。あら、今でも？」

建築当時は食糧庫に使われていたのだが、大きな倉庫を別に作ったため、長いこと使われていなかった小さな建物。

「私と陛下は、あそこを実験小屋って呼んでいたのよ」

ほぼ使用していない部屋を改造して、防魔力を高める結界を張った。扉は、私と兄しか通れないように魔術をかけた。

その中で兄は、魔術の研究をし、私は呪歌の練習をする。

兄が誰にも邪魔されずに自由に魔術を研究したかったというのもあるのだけれど、一番は、宮殿で私が歌うと、当時の皇妃の不興をかってしまうため、自由に歌える場所を作ってくれたのだ。

「……まだ使っているのに」

兄はぼそりと呟く。

「子供には内緒にしておきたかったのだが」

「まあ」

私は驚いた。

「即位なさったのなら、堂々と研究部屋をお作りになればよろしいのでは？」

「隠れてやるのが、楽しいのだ」

兄は肩をすくめ、にやりと笑う。

香《かぐわ》しい香りと共に、料理が運ばれてきた。よく煮込んだシチューと、サクサクのミートパイ。色鮮やかなサラダが食欲を誘う。

「今は何を研究なさっているのです？」

「音を閉じ込める研究だ」

「音？」

兄は真剣な顔だ。

こういう顔の兄は、昔から本気であった。

「音を何かに閉じ込めて、また同じ音を出せるなら、聖女の負担が減らせるかもしれないと思ってな」

「それは良いお考えですわ。いっそ宮廷魔術師にも研究をさせればよいのでは？」

ディナの提案に兄は首を振った。

「ネイマールに提案したが、難しいそうだ。成果の出るアテのない研究をやる余裕はないと言われた」

「それはそうでしょうね」

いくら皇帝の命令でも、無理は無理と言えるネイマールは、ある意味、とても素晴らしい。そして、宮廷魔術師はやらねばならない研究がたくさんある。兄もそれがわかっているから、自分一人で研究しているのだろう。

ただ、兄の気持ちは嬉しい。一時的にも音を留めておけるなら、塔の防衛も少しゆとりが出る。

そんなことが可能であれば、本当に素晴らしいと思う。

「無茶はなさらないでくださいね。陛下は、魔術の研究よりやらなければならないことがたくさんお有りなのですから」

「わかっている」

兄が頷き、私たちは食事を始める。兄の子たちも、父の意外な一面に驚いたようだった。

和やかな時が過ぎる。

今までこの食堂で食べたどの料理よりも、温かくて美味しいと思った。


カタン、という音で目が覚めた。

もう少しゆっくり寝ていたかったのに、なんだろう。

隣の部屋だろうか。わずかに足音がする。

「誰？」

足音を忍ばせているのは、私を起こさないための配慮だろうか？

「もう朝食？」

私は扉の向こうに声を掛けた。

出て行ったのだろうか。

返事はおろか、足音も消えた。

私はベッドから身を起こし、窓を開ける。

朝の眩しい光が、部屋に差し込んできた。外の風はまだひんやりとしている。今日も晴れそうだ。

まだ早朝だというのに、庭師の姿が見える。日中は暑くなるから、涼しいうちに作業をしているのかもしれない。初夏とはいえ、昼間は本当に少し動くだけで汗がにじむほどだ。

そんなことを考えていたら、少し喉の渇きを覚える。水差しが隣の部屋に置かれていたことを思い出し、私はガウンを羽織った。

先ほどの音は、ロゼッタだったのだろうか。

隣は、窓が開けられていて明るかった。

私はソファのサイドテーブルにある水差しに手をのばす。

カップに水を注いでいたら、ちょうどノックの音がした。

「どうぞ」

ゆっくりと扉が開くと、水差しとカップとおしぼりを盆にのせたロゼッタが私の方を見て驚いた顔をした。

「ソフィアさま、何をなさっているのです？」

「え？　水を飲もうと思って」

そんなに驚かれるようなことだろうか。

別にテーブルにこぼしたりしているわけでもない。

「いけません！」

ロゼッタはつかつかと入ってきて、大慌てで私の飲もうとしていたカップと水差しを回収した。

「これからの時期は水も傷みます。いつ置かれたかわからない水を口になさるのはおやめくださ
い」

「ごめんなさい」

さすがに昨日の夜の水が朝に傷むことはないとは思うけれど、私が『水にあたった』となったら、ロゼッタは少なからず責任を問われるかもしれない。

「ねえ、ここの窓を開けてくれたのは、ロゼッタ？」

「いいえ、開けてはおりませんが？」

彼女は首をかしげた。

「さっき、この部屋に人の気配がして。窓が開いていたから、あなたが開けたのかと」

ロゼッタは、私が言い終わらないうちに、窓際に走り、外をぐるりと見渡した。

「異常はないようですね。他に何かお気づきになられたことはありませんか？」

私は辺りを見回した。

「そうね。早朝から庭師がお仕事していて、びっくりしたくらいかしら。部屋は特に変わりはないようだわ」

「庭師でございますか？　わかりました。行き違いがあったのかもしれませんが、早急に調査いたします。とりあえず、お水はこちらの新しいものをお飲みくださいませ」

彼女は慌てた様子で、手にしたカップと水差しを持って部屋から出て行った。

私はとりあえず、彼女の持ってきてくれた水差しの水を口にする。

「冷たい」

井戸から汲みたての水だ。私の起床にあわせて、わざわざ持ってきてくれたのだ。

それにしても、窓を開けてくれたのは誰だったのだろう。

もちろん、宮中で働く侍女は彼女一人ではない。ひょっとしたら、連絡の行き違いで誰かが間違えて入ってきたのかもしれない。

私はおしぼりを手にして、顔を拭き始めた。

しばらくは旅の疲れをとるように、と言われたけれど、ドレスの採寸がすんでしまうと、その日の午後には既にすることがなくなってしまった。

正直に言えば、十八歳の時から塔にいたので、帝都にそれほど知り合いはいない。

今はともかく、昔は妾の子として『腫れ物』扱いされていたし、性格的にも社交的とは言い難いから、社交の場に出ても、壁際にいるような娘だった。

そんな私が、いきなり独演会《リサイタル》をやれと言われても、準備なんか自分でできるはずがない。

威張って言うことではないが、無理。

『境界の塔』での聖女の役目は、呪歌を歌うこと。赴任してきた楽団をまとめたり、たまに新曲を作ったりとかもしたけれど、一から楽団の人間を集めたりはしなかった。そんな権限もないし。

楽団は、宮廷魔術師の任命する楽師たちで構成されていて、軍の軍役のように、中央で任命された者たちだった。期間は軍役より少し長くて、一年交代。ヴァルダのように現地採用の人間もいるけれど、それでも任命権は聖女ではなくて、宮廷魔術師にある。

それに、この前まで一緒にやってきた仲間は、『境界の塔』に残ったまま。もちろん、前に一緒に塔にいた楽師も帝都にいるとは思うけれど、連絡を取り合ったりはしていない。

結局、楽団は宮廷魔術師のネイマールに手配してもらうことにした。

ということで、準備は丸投げ状態である。

だから、本当は、ネイマールに手をかけさせたくはないとは思っているのだけど。

こっそり、部屋を抜け出そうとしたところに偶然、ネイマールが来るなんて。タイミングが最悪である。

「そのような格好で、視察でございますか？」

ネイマールが私を睨むように見て、渋い顔をする。

そのような、と言われるほど、ひどい格好をしているわけではない。貴族の女性が外出するときに普通に着ているドレスだ。色目もそれほど派手ではないレモンイエロー。決して華美ではないし、貧弱でもないと思う。例によって、年齢にあってないとか、流行遅れとか、そういうことはあるとは思うけど。そのあたりは、大目に見てほしいものである。

ドレスの採寸は先ほどしたばかりだ。当然、まだ新しいドレスはできていないのだから。

「全ては、この私にお任せくださると、おっしゃったではありませんか？」

ネイマールは不満げに眉根を寄せた。

初夏の日差しが窓から差し込んできている。

窓から見える庭は、『境界の塔』から見える広大な森とは違う、人工的で計算された庭園だ。四季折々の手入れされた花が咲き誇り、奥には小さな噴水もある。

「ほら、やっぱり、会場くらい見ておきたいの。兵舎とは聞いているけど、私、軍の施設に行ったことないし、建物によっては音の響き方が違うから」

単純に、暇だから出かけたかった、とは言えない。それはダメだ。何でも素直に言えばいいというものではない。たとえ相手に本音がまるわかりでも。

「どうしてもとおっしゃるならば、私がご一緒いたします」

「え？　会場の兵舎って、宮殿のすぐそばよね？　外出のうちに入らないのでは？」

もちろん、宮殿自体がとても大きいので、かなりの距離はあるけれど、会場の兵舎は宮殿の隣と言っていいほどの立地だ。街に出るという感じではない。

「ソフィアさま。聖女を引退されても、あなたは皇帝の妹ぎみなのですよ？　それでなくても、歴代で最長の『聖女』です。超、重要人物なのです。ご自覚をなさってください」

そうだろうか。任期が最長だったからといって、重要ってこともないだろうと思う。

逆に、とうが立って、価値が下がってしまうような気がする。

「でも、ほら。ネイマールは、激務だし？」

「ソフィアさまがおひとりで行かれたら、大変なことになります。あなたは本当に何もわかっておられない」

ネイマールは苦々しい顔をした。出来の悪い生徒に呆れながら説明しているかのような表情だ。

「なんのために独演会《リサイタル》が必要なのか、察してください」

「察しろと言われましてもねえ」

私は首をひねる。いままで、軍役で来ている兵たちはみんな親切ではあったけれど、特に親しかったわけでもない。私は兵だけでなく、塔にいたすべての人間と距離を置いて生活していた。だから、兄の話が本当なのか、どうしてもわからない。実感が乏しすぎる。

「あなたは、もう『聖女』ではないのです。わかりますか？」

「ええ。そうね」

聖女でない私は、もう何も持っていないも同然ではないか。

あるとしたら、陛下の『妹』であるということくらいだが、既に政略結婚の対象にはならない年齢だ。

「何もわかっていらっしゃらない」

ネイマールは顔に手を当てて、首を振る。何をわかっていないというのだろうか。

「どのみち、今日は軍に打ち合わせで出かける予定でございました。一緒においでになるなら、すぐにお支度を」

「本当？」

私は立ち上がる。

「ただし、ドレスはダメです。聖女の法衣を着てください」

「え？」

聖女の法衣は、文字通り、『聖女』の証の制服みたいなものだ。

もう着ることはないと思っていたのに。

「聖女では、ないのに？」

「……あなたを守るためです」

ネイマールは大きくため息をつく。

何を言っているのか、さっぱりわからなかった。


歩いてもそれほどでもない距離なのに、大袈裟な馬車に乗せられる。

正直、そんなに治安が悪いのか？　と、心配になってしまうくらいの念の入れようだ。

聖女になる前の私は、結構自由だった。たぶん皇族としては冷遇されていたからっていうのもあるのかもしれない。当時は、街に出ても割と許された。もっとも、見つかると『下賤の生まれだから』みたいなことを言われるのが、ちょっと嫌だったけど。

今、皇太后は離宮にいるから、扱いが普通の皇族と同じになったということだろうか。

ただ、軍の施設に行ったことなんて昔もなかったから、案内してもらえるのは助かった。

物々しい検問のある、軍の基地の門をくぐる。思ったより警備は厳しいようだ。当たり前と言えば当たり前なのだけれど、一人でふらりと訪ねて来られる雰囲気ではなかった。やはり、ネイマールと来たのは正解だったのかもしれない。

ネイマールの手を借りて馬車を降りると、出迎えの騎士が私の顔を見て声をあげた。かなり驚いたらしい。二十代くらいだろうか。まだ若い。目を真ん丸にしている。

ネイマールが来ると聞いてはいただろうけど、私のことは予想外だったからに違いない。

「お約束していないのに、ごめんなさい。私も同行したくって」

出来るだけ丁寧に頭を下げる。

「い、いえ！　聖女さまをお迎えできるとは！　自分はケビン・ザナと言います！　お、お会いできて、こ、光栄であります！」

ザナは、身体をこわばらせながら敬礼してくれた。

いや、もう聖女じゃないのだけどね、と内心で苦笑する。聖女の法衣は着ているけど。

ああそうか。

私は得心した。この格好をしていないと、私が誰かわからないってことなのかも。

この格好をした四十歳のオバサンは、私だけだもの。

ネイマールは大げさだ。私は、顔を知られていないくらいで、ショックを受けたりしないのに。

むしろ、遠目でも誰かわかるようで、あちらこちらからの視線を感じて、落ち着かない。

私とネイマールは、緊張のあまりにギクシャクしているザナについていく。目の前にあるのは石造りの建物で、どうやら軍の司令部がここにあるらしい。

案内されたのは、大きめの執務室だった。彼は、カチコチの動作で、扉をノックする。

「し、将軍、聖女さまとラゴニスさまがおみえです！」

震える声がとても大きい。建物中に聞こえそうなくらいだ。

「え？」

だが、さらに中からも驚きの声が上がって、すごい勢いで扉が開く。

びっくりした顔のグラウがそこにいた。

「ソフィアさま？」

私は慌てて頭を下げる。

「ごめんなさい。ネイマールに無理を言ったの」

急に来てしまったのは、やっぱり迷惑だったかもしれない。私はすることはなくて暇でも、グラウたちには仕事があるのだから。

「いえ、ようこそおいでくださいました。どうぞこちらへ」

グラウは慌てて、部屋の中に私たちを招き入れた。

部屋の奥に武骨な執務机が置かれていて、壁際には書物がならんでいる。

グラウは、私たちに手前に置かれた応接セットのソファに座るようにすすめ、ザナにお茶を用意させた。

「ソフィアさま、先に私の方の用事を済ませます」

「ええ」

ネイマールは持ってきた書類をグラウに渡し、お互いに内容を確認し始めた。

どうやら、いろいろ備品の搬入などの打ち合わせらしい。

私は入れてもらったハーブティを口にしながら、ふたりの話が終わるのを待った。

「それで、ソフィアさまは、こちらにどのようなご用件で？」

打ち合わせが、一段落ついたのであろう。グラウが私に話しかけてきた。

「ソフィアさまは、会場の視察がしたいとおっしゃっているのです」

「視察？」

グラウは驚いたようだった。そのような発想はなかったらしい。

「……無理ですか？」

「全然かまいません」

グラウが頷くと、「では」とネイマールが立ち上がった。

「私は先に戻りますゆえ、後はよろしくお願いいたします」

「へ？」

あれほど一人で行くなって感じだったのに、帰りは放置？

ネイマールの意図が分からず、私はキョトンとする。

「わかりました。おまかせください」

私でなく、グラウが頷いた。

あ、そうか。グラウに護衛を放り投げて、帰るんだ。ネイマールは忙しいし、護衛は将軍の方が専門だ。それに、グラウが自らしなきゃならないってこともない。

「それでは、くれぐれも、聖女さまをよろしくお願いします」

念を押すように、ネイマールが頭を下げる。

私には、もう聖女じゃないと言ったのに。よくわからない。

「承知しております。ソフィアさまのことはおまかせください。約束は守りますから、ご安心を」

グラウの返答に、何故《なぜ》かネイマールは苦い顔をした。

会場となる兵舎というのは、広い講堂があるらしい。

私はグラウに案内されて、軍の敷地を歩く。執務室や控室のある建物を出ると、各種訓練施設が立ち並んでいた。

活気ある訓練中の兵たちの声があたりに響いている。

「ごめんなさいね。将軍に案内させてしまって」

「いえ。わざわざご足労いただけるとは、本当に光栄でございます」

グラウと歩いているからなのか、それとも聖女の法衣のせいなのか。

やたら視線を感じて、ちょっと落ち着かない。塔にいた時はこんなことはなかったように思う。

よく考えてみると、塔に聖女が居るのは当たり前だけど、ここに聖女がいることはない。珍しいものが入り込んでいるという感じはあるだろう。

それにしても、グラウ自ら案内してくれるとは思っていなかった。もっとも、私としては気心が知れていて、ありがたいのだけれど。

「私、すごく気楽に考えてしまっていて。一人で、パッと見て、パッと帰るくらいのつもりでした。ネイマールにもすごく怒られたのですけど」

まさかこんな風に、遠巻きに自分が注目されながら歩くとは思っていなかった。

武闘場で訓練中の兵なんか、訓練の手を止めて、私が歩き去るまで、敬礼してるし！　ごめんなさい。私、すごく邪魔しています。はい。

「当然です。お一人で、軍の施設に来るのは、絶対にやめてください」

グラウが顔をしかめた。

「軍は、ほぼ男所帯なのですよ？」

「それはそうですけれど、私、もういい年ですよ？」

『境界の塔』ならいざしらず、帝都には、街に出れば、若い娘さんはたくさんいる。軍にいる兵たちのほとんどは、私より若いのだ。

何も好き好んで、こんなオバサンに無体なことをするはずがないと思う。

「年齢がどうであれ、絶対にいけません。そもそも、お一人で外出なんてとんでもないことです。必ず護衛をお付けください。お申し付けいただければ、私が参上いたしますので」

グラウにじっと見つめられ、ついドキリとする。

いけない。こんなことで動揺していてはだめだ。そもそも、私、今、注意されているのだ。叱られているのに、ドキドキするって、私はおかしいのかもしれない。

「帝都はやはり窮屈ですのね」

内心の動揺を隠すために、愚痴ってみる。

もちろん、皇帝の妹だから、ある程度は仕方ない。ネイマールやグラウの方が正しいのだ。それはわかっているのだけど、やっぱり閉塞感がある。

「帝都だから、ではありません。『境界の塔』にいた時のあなたは、もっと周囲を警戒なさっていたはずです」

「そうでしょうか？」

グラウの顔は厳しい。

「そうです！」

なぜか言い切られてしまった。

確かに、考えてみれば、塔にいた時に警備兵の宿舎に行こうとか思ったことはない。用事もなかったけれど。

自分の生活圏から出ず、外に行く時は細心の注意を払っていた。

私は、聖女で、たくさんの命に関わる使命を帯びていたから。そして、それが誇りでもあった。

「なんか、緊張の糸が切れちゃったのかもしれません」

思わず苦笑する。言われてみれば、そうかもしれない。

「もう、国家のために歌わなくてもいいって思うと、すごく解放的になっていました。そうですね。私は、陛下の妹ですもの。私自身の価値がなくなっても、政治的には意味があることを忘れてはいけませんね」

もっと若いならともかく、分別ついてしかるべき年だ。兄の治政が落ち着いているとはいえ、何もない保証はない。

「価値がないなどありえません。聖女でなくても、皇族でなくても、あなたは賢く美しい。言ってはならない言葉を言いたくなってしまいます」

グラウの顔が悩ましげにゆがむ。

「言ってはならない言葉？」

どういう意味なのだろう。

「今、申し上げられるのは、ひとつだけ。その服をまとっている間は、あなたは、聖女だ。誰よりも素晴らしく尊い方です」

彼はそっと頭を下げる。

何故だろう。少しも嬉しくない。だけど、独演会《リサイタル》が終わるまでは、聖女としての仕事が残っている。

「そうね。まだ私は、聖女だわ」

空っぽになるには、早い。気合いを入れていかないと、せっかくの独演会《リサイタル》をダメにしてしまう。

本当に観客が来るのかは、まだわからないけれど。

「無理を言ってはいけないわね。ちょっとだけ街に出て、今の帝都の様子を、見てみたい気はするけれど」

私は肩をすぼめた。本当にささやかな希望だけど、そんな小さな好奇心でどれだけの人が迷惑するか、私は理解すべきだ。

「お一人でなければ、外出がいけないこととは申しておりません。お望みならば、お供いたします。いつでもお申し付けを」

「ありがとう」

グラウの気持ちは嬉しいが、さすがにそこまで迷惑をかけるのは気がひける。

様々な訓練所の建物が立ち並ぶ敷地を抜けると、ちょっとした庭園にでた。緑の芝が広がり、大きな木が何本も植えられている。陽《ひ》は高くのぼり、くっきりした影が非常に短い。

「ソフィアさま！」

「あら」

庭園のベンチで休息中だったらしい人物が、慌てたように立ち上がって敬礼する。四十代半ばの将校だ。黒くて短い硬めの髪。軍の人間としては小柄だ。

「ブルガ参謀長？」

「はい！　お久しぶりです」

ブルガは、グラウほどではないが、頻繁に塔に軍役で来ていた。年は、グラウより少し上だったように思う。

「なんだかお顔が丸くなられましたね」

「お、お恥ずかしい限りです」

太っているわけではないが、痩せ気味でキツい目をしていた男は、やや丸みのある体つきとなり、優しい目になっていた。

「参謀長は、三年前に結婚をしまして」

グラウが横から口を挟む。

「あら。おめでとうございます。お幸せなのですね」

なるほど。そういうことなのだ。家庭が出来て、愛するひとを得ると、こんなにも目が優しくなるのだなと思う。とても好ましい変化だ。

「えっと、はい」

ブルガはチラリとグラウに目をやる。

「ずいぶん迷った上での結婚でしたが、良き家族に恵まれました」

「よかったですわね」

私の笑みに、ブルガは複雑な笑みを返す。なんだろう。何か変なことを言ったかしら。

「本日は、なぜこちらに?」

「独演会《リサイタル》の会場のご視察だ」

私が答えるよりも先にグラウが答えた。

「そうでしたか。引き継ぎの儀式《ステージ》を見ることが叶わず、非常に悔しい思いでおりました。とても楽しみです」

ブルガは、なぜかグラウの方を睨みつけている。

「嬉しいわ。誰も来なかったら寂しいなあって思っていましたの」

それなら、少なくとも覚えている顔の何人かは、来てくれるのかもしれない。ちょっと嬉しい。

「何を仰るのです！　むしろ会場が小さいと危惧されております」

ブルガは大きく首を振った。

「現役だけでなく、退役軍人も見たいと問い合わせが相次いでいて、抽選にするべきだとまで言われておるのです」

「まあ。それが本当なら、私は、幸せですね」

行きたいって言っても実際には来ないこともあるから、期待しすぎは危険。それに人間相手に歌うのは、それこそ聖女になる前のこと以来だ。ちょっと不安でもある。

「講堂でしたら、私がご案内いたしましょう。ちょうど休憩時間ですし、将軍もご多忙でしょうから」

「それには及ばん。貴重な休憩時間だ。参謀長はゆっくり休め。ソフィアさまは私がご案内する」

ブルガの提案をグラウは間髪を容《い》れずに、拒絶する。

「え？」

なんだろう。えっと。これってどうすればいいのだろう。

私が戸惑っていると、ブルガは苦笑を浮かべた。

「仕方ありませんな。将軍には、勝てません」

「あの？」

よくわからないけれど。これは、解決済みってことで良いのかしら。

「ソフィアさま、独演会《リサイタル》、楽しみにしております。私に出来ることがあれば、いつでもお申し付けください」

ブルガは敬礼をする。

「行きますよ、ソフィアさま」

「ええ」

グラウに促され、私はブルガに笑んでから彼の後を追う。

何となく、グラウの横顔が怒っているように見えるのは、なぜだろう。

「あの。どうかされました？」

「いや。ずいぶんと参謀長と親しいのですね」

「え？」

思いもかけない言葉に驚く。

「さすがに何度も赴任された方は覚えています」

いくら他人と関わらないようにしていたとはいえ、最低限の人付き合いは、こなしてきたつもりだ。

「みんな、幸せを帝都に置いて、塔に来ていたのですね」

ブルガの幸せそうな様子を見て、改めて思う。逆に、だからこそ私は、二十二年間あそこにいられたのかもしれない。

「皆がみな、そうとは限りません」

「そうね」

私は、帝都に兄はいるものの、両親はもう居ない。家族を得ることも難しいだろう。私の幸せは、塔にこそあったのかもしれない。

「独演会《リサイタル》が終わったら、私は帝都で何をすれば良いのかしらね」

こんな質問、グラウに答えられるわけはない。職務の範囲を越えている。

「ごめんなさい。変なことを言って」

兵舎と思われる建物にたどり着き、グラウが扉を開ける
「何をなさるにせよ、私は、いつでもあなたをお守りいたしましょう」

それは、私が皇帝の妹だからなの？　と、聞くことは出来ない。もし彼に頷かれたら、二十二年の年月を後悔してしまう気がする。なぜだかはわからないけれど。

私は疑問を打ち消す。考えてはいけないことだ。

講堂は思った以上に広かった。何も置かれていないこともあって、ガランとした印象を受ける。

天井がとても高い。

舞台の脇に梯子《はしご》があって、壁際にキャットウォークが作られており、天井近くの壁際の窓が開けられるようになっていた。

「今、上側の窓も開けますね」

「私も手伝います」

私はグラウと反対側の梯子を上る。キャットウォークは思った以上に狭くて、少し怖い。おっかなびっくり窓を開けると、とても良い風が流れ込んできた。

「ソフィアさま、大丈夫ですか？」

梯子の下から、グラウが不安げに私を見上げている。

「ええ。今おりますね」

私はゆっくりと梯子に手をかけた。

「あっ」

慎重におりていたつもりだったのだけど、足が滑ってしまった。

私は宙ぶらりんの形で、梯子にぶら下がる。

「ソフィアさま！」

ぶら下がった腕に全体重がかかる。必死で足場を探そうとするけど、なかなか足がうまくかからない。

「落ち着いてください」

いつの間にか下から上ってきてくれたグラウの手が、背中から私の腰を支えてくれる。

「ゆっくり足をかけて」

「はい」

私はグラウに抱き支えてもらい、ゆっくりと梯子をおりた。

床に足をつけて、ほっと一息つくと、急にグラウの体温を背中に感じ始めた。

「お怪我はありませんか？」

「ええ……ありがとう」

腰に手を回されたまま問われ、私は思わずうつむく。

顔に熱が集まる。グラウとの近すぎる距離に、胸の鼓動が早くなった。

「ごめんなさい。本当に助かりました」

「いえ。ご無事でよかったです」

グラウの身体がゆっくりと離れていく。

あまりにも動悸が激しくて、顔を見せられないと思った。

彼の体温が遠ざかって、ほっとすると同時に、なんだか寂しく感じるのはなぜだろう。

なんにせよ、危ないところだった。年齢というよりは、単なる不注意だと思うけど、体も鍛えないといけないかもしれない。

講堂の窓を開き終えると、磨き上げられた板張りの床が光を反射し、広々とした雰囲気がさらに強くなった。

大人の肩ほどの高さに作られたステージは、塔よりはちょっと狭い。

ここは、軍の結団式とかに使われるらしい。窓から光と風が入ってきて、清々しく感じた。

「詰めれば、千人くらいは入るはずです」

「千人！」

驚きの人数だ。いやいや。そんなには見に来てはくれないだろう。百人来てくれたら、大満足だと思う。そもそも、私、そんな大人数を相手に歌ったことがないように思う。魔のモノ相手の時は、相手の反応がほぼない状態だったけれど、人の表情が見える状態で歌うと考えると、少し怖い。

「ステージの上に上がらせていただいてもいいですか？」

「どうぞ」

私は、ゆっくりとそでの階段を上り、ステージに立つ。

目の前に開けた空間が、思った以上に広い。

何もない空間に向かい続けた二十二年だったけれど、広がっているのが『森』と、『屋内の風景』では、気分が全く違う。

「広いですね」

気後れしてしまいそうだ。大きく息を吸い込んで、瞼《まぶた》を閉じる。

「あー」

魔力を入れずに、声を出してみた。

屋内なので、音が多少反響する。こんな静かな状態なら、どこにいても私の声は届くだろうけれど、音ずれがおこりそうな気はする。

「将軍、あの、一番奥に立ってもらえますか？」

私は、ステージから一番遠い場所を指さした。

グラウは頷いて、壁際まで移動してくれた。

「あー」

もう一度、声を出してみる。

「どうです？　綺麗に聞こえます？」

「……少し、反響しています」

グラウが大きめの声で返答してくれる。

グラウの声も少し響く。気になるほどじゃないけれど。楽器の音が入って音が複雑になると、綺麗に聞こえないかもしれない。

やっぱり、呪歌の方が無難だ。魔力を込めれば、音は遠くてもクリアに伝わるのだから。

「ちょっと、歌ってみます」

私は、魔力を込めた発声に切り替え、目を閉じたまま、初歩の呪歌とされている『春』を歌う。

この曲は、聞いているひとの、生きていることの喜びを増幅させるもので、非常にシンプルな曲だ。

呪歌を歌う者の多くは、ステージでこの曲を最初に歌い、場の雰囲気を確認しながら作っていくことが多い。

聞いているのはグラウだけだから、独演会《リサイタル》と雰囲気は違うけれど、舞台から感じる光や風が旋律と混じりあう感じを確かめる。

森とは違う、不思議な空気だ。周りを満たすものは、魔のモノとは違う、人間の想い。食べること、眠ること、生きること。そんな根源的な生の喜びだけでなく、柔らかな優しい感情が旋律によって満たされていく感じだ。

歌い終えると、拍手が起こった。それもたくさんだ。驚いて目を開ける。

え？　正面にいるのは、グラウだけだけど、開けられた扉の向こう、つまり講堂の外にたくさんのひとがいた。さっきまで、誰もいなかったはずなのに。

ああ、そうか。呪歌って、わりと広範囲に届くから、講堂の外にも聞こえてしまったのだ。

森に向かって歌うのと同じだけ魔力を込めたら、そりゃあ、そこら中に聞こえて当然。

本番は結界を張ってもらったほうがいいかもしれない。兄が昔、実験室で作ってくれたように。

私の視線に気づいたグラウが、扉の外に目を向けると、慌ててみんな去って行った。

ごめんなさい。突然、呪歌が聞こえたら、何事かと思いますよね。はい。魔力こめすぎました。

お仕事中に申し訳ありません。

ちょっと反省する。

「どうでした？」

私は舞台を降りてグラウに問いかける。

「素晴らしいです」

グラウは満面の笑顔だ。

「楽団を従えての歌唱も素晴らしいですが、ソフィアさまの独唱は、本当に素晴らしい。ずっと聞いていたいくらいです」

「嬉しいわ」

私はホッとする。

「昔から、将軍に褒めてもらえると、私、勇気が出るのです」

思えば、人生の節目節目に、グラウは私の傍にいてくれた。

もちろん、私が『聖女』で、彼は私を守るための『騎士』だからなのだけれど。

聖女になる前も、聖女になってからも、そして引退した今も。私の想い出は、いつもどこかに彼がいる。ここから先は無理だとしても、せめてもう少しだけ、そばにいてほしい。

「独演会《リサイタル》も、見ていただけますか？」

「当然です。権力を振りかざして、周りに非難されたとしても、絶対に見ますから」

「あら。怖いのね」

うそぶくグラウに、私は肩をすくめてみせる。

「この国一番の剣士と誉れの高い将軍が、権力を振りかざしたら、みんな怖がるでしょう？」

「……たぶん、すでに手遅れだと思いますよ」

グラウは、自嘲めいた笑いを浮かべる。

「私は公私混同の激しい男ですから」

「まあ」

そんなことはないと思う。そんな人間は将軍にはなれない。彼に人望があることくらい、私でも知っている。もちろん、彼は武術に優れ、剣士として優秀だ。それに将軍になるには、彼個人が強いことより、周囲の信頼が必要なのだから。

騎士ではあったものの、グラウはそれほど名家の出身ではなかったはずだ。将軍まで出世したというのは、本人の実力と人望があったからこそ、なしえたことである。

「では、私も聖女の権力を振りかざして、将軍にお願いをしようかしら？」

私もちょっとだけ、悪ノリをしてみる。

「なんですか？」

「全てが終わったら、魔の森の奥まで、行ってみたいの。もちろん、魔のモノは怖いわ。でも、二十二年もずっと私の歌を聞いてくれたから、お礼を言いたいの。絶対に彼等と意思の疎通はできないと言われているけど、私にはそう思えない。だから、その時は、あなたにいっしょに行ってもらいたくて」

グラウの目が大きく見開かれる。あ、やっぱり、無理ですよね。素っ頓狂なことを言い出したって思われたかもしれない。

「……って、ごめんなさい。冗談です」

私は慌てて、意見を引っ込める。冗談にしては笑えない。調子に乗って、何を口走っているのだ。

顔に熱が集まってくる。

グラウは、そんな私を静かに見つめ、そして、こほんと咳払いをした。

「もしあなたが、心からそれを望むなら」

丁寧にひざまずいて、私の手を取りそっとキスをする。

「私は、軍をやめてでも、どこまでもついていきます」

大きな瞳が私の姿を映している。

胸がドキリと音を立てた。

ダメだ。

私ったら、なぜ、冗談にしたって、こんな突拍子もないことを言ってしまったのだろう。

グラウの忠誠心を試しているみたいで、本当に恥ずかしい。

彼はこの国の大事な将軍であって、私の私兵ではない。いくら実現不可能なことにせよ、ここまで言わせてしまった私は強欲すぎる。

そして彼がくれた言葉に、舞い上がりそうな自分を必死に落ち着かせようとする。

私はもう『聖女』じゃない。グラウの忠誠を無条件に受け取れる立場じゃないのだ。

「あ、あの……そろそろ戻りましょうか」

私は顔をそむけて、話を逸らす。顔が熱い。恥ずかしさのためなのか、喜びのせいなのか判別は自分でも出来ない。

「お手間をかけさせて、申し訳なかったわ。ごめんなさい」

「いえ。私は、ソフィアさまの歌を拝聴できて、光栄でした」

にこやかに、グラウが笑う。

「役得です」

「……なら、いいのですけど」

講堂の窓を閉めるのを手伝って、講堂を出ようとすると、外で若い騎士が困った顔をして立っていた。先ほど案内してくれたザナだ。その隣に、二十歳くらいの綺麗な女性が立っている。栗毛の長い髪で、緑色の瞳。一度も会ったことがないのに、どこか既視感を覚える顔立ちだ。

「ヴィアンカ、お前、なぜこんなところに？」

グラウが女性を見て、片眉を吊り上げた。

「すみません。将軍。ヴィアンカさまがどうしても、聖女さまにお会いしたいとおっしゃって……」

ザナがおろおろと頭を下げる。可哀《かわい》そうなくらい困り果てているようだ。

どうやら、この女性はグラウと親しい間柄らしい。

「奥さま、ですか?」

私は恐る恐るたずねる。そうだ。聞いたことはなかったけれど、グラウも四十歳を過ぎていて、将軍職という責任ある立場の人間だ。しかも、彼は軍の出世頭で人目を引く美形でもある。家族がいて、しかるべきだ。

先ほどまでの高揚感がすうっと引いていく。

そうだ。グラウが私に向けているのは、忠誠心。

妻子がいても、不思議はない。むしろいない方が不自然だ。

「とんでもない。ヴィアンカは、私の養女《むすめ》ですよ」

グラウが苦笑する。確かに、グラウの妻にしては、ちょっと若いかもしれない。絶対にないとは言えないけれど。

「義父《ちち》がいつもお世話になっております」

ヴィアンカは丁寧に私に頭を下げた。作法に乗っ取った、美しいおじぎだ。

「こちらこそ、お世話になっていますわ」

私はにっこりとヴィアンカに笑みを返す。

「よく似ていらっしゃいますね」

品があって、そして、とても可愛らしい。長いまつ毛が印象的だ。特に目元にグラウの面影がある。

「えっと。養女《ようじょ》ですよ。私には、子がありませんので、妹の子を引き取ったのです」

「妹さんの？　まあ。それで、よく似ていらっしゃるのですね」

私は納得する。

貴族が家を存続するために、養子縁組をするのはよくある話だ。親族の子を引き取って、跡継ぎにするのは定番中の定番。

愛し合っていても、子供を授かるとは限らない。

グラウは塔での軍役が多かった。そのせいもあるだろう。

そんな帝都での幸せを犠牲にして、塔に来てくれていたのだ。私のためではなく、国のためだけれど、なんだか申し訳ないと思う。

そんなグラウの忠誠を試すようなことをして、舞い上がっていた自分が恥ずかしい。

「義父《ちち》から、聞いておりましたけれど、本当にお綺麗でいらっしゃいますね」

ヴィアンカがキラキラ光る瞳を私に向ける。

「いつも言っておりますのよ。聖女さまは、天から舞い降りた女神のような美しい方だって」

「ヴィアンカ！」

グラウがたしなめるように、声をあげる。

「ありがとう。お世辞でも嬉しいわ」

ヴィアンカはともかく、義母となったグラウの妻は、私のことを恨んではいないのだろうか？

夫を何度も軍役に駆り出していた、聖女を恨んでも不思議はない。もちろん、命じたのは私ではないけれど、恨まれても仕方ないと思う。

でも、私に対して屈託のないヴィアンカの笑みを見ると、そんな雰囲気は感じられなかった。

夫の仕事に理解のある、非常に賢い女性なのだろう。きっと素敵なひとだ。

「お世辞じゃないです！　その銀の御髪の美しいこと！　女神さまのようですもの」

「まあ。あなたのように、若くて可愛いらしいお嬢さんに言われると、くすぐったいわね」

おそらく、この聖女の法衣をまとっているから、なんとなく神秘的に見えているのだろう。

衣服の持つイメージが、私を神々しく見せているに過ぎない。

ネイマールの言った法衣が『私を守る』というのは、そんなことも含んでいたのだ。

「ところで、ヴィアンカ、お前はどうしてここに？」

「えっと。美味しいマフィンをたくさん焼いたので、軍の方に食べていただこうと思って持ってきたのです。そうしたら、聖女さまがお見えになっているって聞いて」

「ひとりで、ここに来てはいけないと言っているではないか！」

「爺《じい》やと一緒に来たわよ？」

ヴィアンカは、ぷくっと頬を膨らます。その仕草がなんとも愛らしい。

「まったく」

グラウは顔に手を当てて、呆れたような声を出した。

でも、彼女を見る目はとても優しい。

幸せなのだろう。温かさが伝わってくる。きっと素敵な家族だ。

「私、そろそろ帰らなくては」

とても幸せそうな二人をなんだか見ていられなくて、思わず雰囲気に水を差してしまう。

「えーっ!?　聖女さまにも、マフィン食べていただきたいです！」

ヴィアンカの罪のない瞳。

なんだか、そこから逃げたい自分が、とても醜い生き物のように思える。

塔にいた時は、他人の幸せは見えなかった。みんな帝都に幸せを置いてきていたから。

でもここは違う。ここには私に見えなかったものがあるのだ。そのことを目の当たりにして、心の中がもやもやする。これは、嫉妬なのだろうか。それとも悲しみなのだろうか。

こんな自分は知りたくなかった。

「では、お土産でいただくわ。長居するとネイマールがうるさいの」

すっきりとしない感情に蓋をして、私は微笑む。

私はまだ聖女だ。こんなことで、心を揺らしてはいけない。

心を揺らす感情の先にあるものがなんであるのか、気がついてはならないのだ。

「本当に！　嬉しいです！　用意します」

ヴィアンカは弾んだ様子で、走っていく。私の言葉を少しも疑っていない。

「ヴィアンカさまっ！　おひとりで走り回らないでくださいっ！」

ザナは私にぺこりと頭を下げてから、彼女を追いかけていく。どうやら、日常の光景のようだ。

「すみません。しつけができていなくて」

グラウが苦笑する。目の中に愛情がにじんでいる。

「いえ。可愛らしいお嬢さまですね。よくこちらにおいでになるのですか？」

「はい。まあ、たぶん目的は私ではないように思いますけどね」

グラウは、ヴィアンカの後ろ姿を見つめながら、肩をすくめた。

ああ、なるほど。軍に意中の人がいるのかもしれない。それで、マフィンを焼いたりして理由をつけて、ここにきているのだ。なんて、微笑ましいのだろう。

「それは、心配ですけど、素敵ですね」

私にはなかった季節。たぶんこれからもないだろう。ヴィアンカの周りには、甘くて酸っぱい美しい季節がある。彼女の周りは全てが輝いていて、本当に眩しく見えた。

「ソフィアさまが平和を守ってくださったからこその、世界です」

グラウが微笑む。

「人々が無邪気に恋や夢を語れるのは、ソフィアさまのおかげです。ソフィアさまは、もっと胸を張るべきです」

私の表情に何かを見たのだろうか。胸の奥の寂寥感に気づかれてしまったのかもしれない。

「ええ。わかっているわ」

私は小さく頷いた。


私が往きに乗ってきた馬車に、ネイマールが乗って帰ってしまっているとは、どういうことなのだろう。

いや、もちろん軍には、馬車もたくさんあるってことなのだろうけど。

そして、軍には当然、馬車はあるだろうに。なぜか、私はグラウの馬に乗せられている。つまり二人乗りだ。

聖女の法衣だから、またがるわけにはいかないので、横座り。横座りだとかなり揺れて怖いので、グラウの胸にしがみついている状態だ。

これは、聖女としてまずい気がする。

いくら、護衛（輸送？）されているだけとはいえ、スキャンダルものだと思うんですけれど。

もちろん、馬車より、使う馬が少なくて済むし、護衛と乗り手を兼ねればひとも少なくていい。

つまり、軍としては手間が少ない。宮殿までは、近距離だ。つまり合理的な判断なのだとは思う。

実際には、もはや聖女ではないのだから、スキャンダル云々《うんぬん》で、異を唱えるのも変だ。

それにしても。

騎馬一騎で送るにせよ、何も将軍自ら送る必要はない。

グラウの厚い胸につかまりながら、私はともかく、彼は何を考えているのだろうと思う。

もちろんグラウは、この国でも指折りの剣士で、彼が『護衛』として超一流なのは間違いない。

長距離、長時間でないなら、自分がやってしまった方が早い、とのことなのだろうか。

それでも、こんなふうに私が彼に抱かれるように守られていることを知ったら、グラウの妻はどう思うのだろう。仕事だと割り切って、夫を信じているのだろうか。

それとも、四十歳になった私は、既に女としてカウントされていないのだろうか。

「そういうことかな」

「どうかなさいました?」

思わず口に出して呟いてしまった。

グラウが心配そうに問いかける。低い声が耳元で響いた。

あまりの距離の近さに胸が騒ぐ。心臓の音が聞こえてしまいそうだ。

「なんでもありません。まさか将軍自ら送ってくださると思っていなくて。しかも騎馬なんて」

グラウの胸に顔をうずめたまま、言い訳する。顔が熱い。

「すみません。私がこうしたかったので、職権を乱用しました」

「え？」

そっと見上げると、グラウの顔が朱に染まっている。

「ご不快でしたでしょうか？」

「……別にそういうわけでは」

私は戸惑う。嫌ではない。嫌ではないから、余計に困るのだ。今の私は、もう聖女ではない。心が簡単に揺れてしまう。塔を離れたことで、私の中にあった心の壁は消えてしまったようだ。グラウにとっては、まだ私は聖女なのかもしれないけれど。

「ただ、その。奥さまに怒られませんか？」

太い腕に支えられながら言うことではないが、私は問いかける。

「奥さま？　私は妻帯しておりませんよ？」

グラウは苦笑いを浮かべたようだ。

「そうなのですか？」

グラウほどの男性なら、女性は放っておかないと思うのに。そうでなくても、縁談はいくらでもありそうだ。

「私には、ずっと、妻にしたいひとがおります」

私の疑念に答えたグラウの声は、囁くように小さい。

「遠くて手の届かないひとです。あきらめることができず、そのひとをずっと追い続けてきたら、この年になっていました」

「……届かないひと」

それはいったい誰なのだろう。私の知っているひとだろうか。

「さすがに、家のこともありますから、養女をとり、一応はひとの親にはなりましたが」

宮殿の門が見えてきた。

「ようやく手が届きそうだと思ったら、すり抜けてまた遠くに行ってしまう。それでもあきらめきれないのです。しつこいのですよ、私は」

グラウは淡く微笑む。その瞳は切ない光を帯びていた。

「ここでいいわ」

宮殿の馬場に入り、馬から降りるのを手伝ってもらいながら、グラウの想い人に思いをはせる。どんなひとなのだろう。彼のような男性にそこまで想いを寄せられるなんて、どれほど素敵なひとなのだろう。

『かなわないわね』

思わず、心の中で呟く。

グラウの大きな胸は、私のものじゃない。向けられる優しさは、聖女への忠誠心だ。

それは恋とは違うものなのだ。得られないものを欲しいと思ってはいけない。

「独演会《リサイタル》、絶対に来てくださいね」

せめて、それくらいは望んでもいいだろう。

「もちろんです」

頷くグラウに笑みを返しながら、泣きたい気分になった。


行き場のない寂寥感が胸に漂う。

窓から見える庭を見つめていても、少しも心が晴れない。

不意に、聖女になる前、いつも行っていた実験小屋のことを思い出した。

ここで、ただじっとしているより、いいかもしれない。ロゼッタを呼んで簡単なお弁当を作ってもらうように頼んだ。

部屋で彼女を待つ間、私は日が傾いていく景色を見つめながら、塔にいたころを思い出す。この時間に気持ちがそわそわするのは、職業病であろう。

聖女であるうちは、呪歌を歌うことだけを考えていればよかった。ひとと距離を置いていた私は孤独のように見えても、いつも誰かが私を支えてくれていることを知っていた。国家を、人の命を守るという使命感と、その責任があった。

その使命感と責任を失った私は、ほろほろと何かが崩れ落ちていき、胸の中が空っぽになってしまったのかもしれない。だからこそ、寂しい。

結局、私は聖女になる前もそうだったように、自分の居場所を求めているのだ。何歳になっても、やっていることは同じということなのだろう。

私は小さくため息をつく。

やがて、廊下をガラガラと引きずる台車の音がした。

「ソフィアさま、寝具の交換に参りました」

女性の声がした。ロゼッタではない。慣れていないのか、声が震えている。

「あら、寝具なら先ほどロゼッタが替えていったわよ？」

「え？」

扉の向こうで叫び声がした。

「そ、それは、失礼いたしました。ちょ、ちょっと聞いてまいりますので」

慌ただしく台車を引いていく音がする。

場所を間違えたのだろうか？

扉を開くと、大きな台車をあわてて引いていく後ろ姿があった。

「どうかされましたか？」

入れ違いにロゼッタがやってきた。

ロゼッタの手には、お弁当と思しき包みがある。

「今、寝具の交換に来たと言われたの。もう終わったことを伝えたら、すごく慌てたみたい。新人さんかしら」

私はロゼッタからお弁当を受け取る。

「先ほどの台車ですか？」

「そうだと思うわ。扉を開く前に、慌てて去っていったの」

「そうですか」

ロゼッタは眉根を寄せた。

「ソフィアさまはこの後、どちらへ？」

「実験小屋、えっと。物見の台のそばの物置小屋へ行こうと思っていたのだけれど、いいかしら？」

私自身への実害は何もないけど、ちょっとしたハプニングだ。

ここにいたほうが良いのだろうか？

「ああ、あそこですか。それならばよろしいかと思います。あとのことはお任せくださいまし」

ロゼッタは何事もなかったかのように微笑む。

宮殿はとても大きくて、勤めている人間も多い。伝達事項がうまく伝わらないって状況は、案外よくあることなのかもしれない。単なる間違いなのであれば、あまり叱らないであげてほしいなと思う。

実験小屋への道は、昔はとても遠く感じたものだ。衛兵たちの前を通り抜けるときは、ちょっとしたスリルだった。

実際には、私と兄の行為は、父に容認されていたのだから、当時の皇妃だけが知らなかったに過ぎない。逆に子供の時感じた、あのスリルは安全の裏返しであったように思う。

あの頃の私はまだ子供で、大人の思惑など全くわかっていなかった。

実験小屋は、物見の台のすぐ近くにある。実験小屋に向かう道筋は、必ず衛兵が立っていたし、実験小屋で何かあったとしても、物見の台の衛兵の目の届く位置だ。今思えば、私と兄は、大人の目の届く場所で遊んでいたに過ぎない。今ならそれがわかる。

「ソフィアさま！」

衛兵が私の姿を認め、慌てて敬礼する。昔はこんなことはなかったな、と思う。むしろ、みな『わざと』知らないふりをしてくれていたのだろう。

「ごくろうさま」

私は笑んで、衛兵の前を通り過ぎた。

中庭を抜け、城門の裏側の位置に出る。物見の塔は城壁のすぐそばだ。実験小屋は、その脇にある小さな建物である。

「叔母上！」

「ソフィア叔母さま！」

建物の前に、ギルバートとライラが立っていて、私に手を振った。手に私と同じような包みを持っている。

「どうしたの？　二人とも」

この前の話で興味を持ったということなのだろうか。それにしても、私が来ると知っていて待っていたかのようだ。

「叔母上は今日、食事をお弁当になさったと聞き、ライラと二人で、ぜひご一緒したいと思いまして」

ギルバートが丁寧に頭を下げる。

「まあ。陛下はご存じなの？」

「たぶん。今頃気が付いたと思うわ」

くすくすとライラが笑う。

「前から、気になってはいたのですが、どうやっても扉が開かないんですよ」

ギルバートが苦笑する。

「そうね。陛下が魔術を変更していなかったら、開けられるはずだけど……どうかしら？」

物置小屋の扉は鉄製だ。見た目はごく普通の扉だけれど、ロックの魔術がかかっている。

「どうやって開けるの？」

ライラが目をキラキラさせて私を見る。

「簡単よ。呪文を唱えるの」

「呪文？」

そう。呪文を唱えさえすれば、本当は誰でも入れる。今ならもっと高度な魔術を使うことを考えたかもしれないけど、当時の私たちには、これくらいで良かったのだ。

『帝国の未来は我と共に』

私は苦笑しながら言葉を唱える。

扉がわずかに光を帯びて、カクンと内側に開いた。

「……随分と、恥ずかしい呪文ですね」

ギルバートの口元から笑みがこぼれる。

「そうね。あなたたちより、ずっと子供だったから」

私は、二十二年ぶりに実験小屋に入り、入り口近くの魔道灯をつける。

兄が部屋を今も使っていると言っていた。その言葉のとおり、使われている形跡があった。

部屋の半分は、昔と同じく兄の研究室。もう半分は、私のためのステージ。ステージといっても、木箱を置いて一段高くしただけのものだ。一応、木箱に魔力を弱小化させる魔石がしこんであって、呪歌を歌っても、それほど遠くに聞こえないように結界が張ってある。そしてそのステージの真正面にテーブルとソファ。私が歌うと、兄は座って聞いてくれていた。

私の使っていたスペースは掃除こそされていたものの、昔のままだったが、兄の使っていた方はかなり手が入っていて、実験器具がかなり高度なものに変わっていた。貴重な魔晶石や、材料が丁寧に整理されて保管されている。

「うわっ、すごい！　魔術師の研究棟でしか見たことのない器具が置いてある！」

ライラが驚きの声を上げた。

兄は、本当に子供たちに自分が魔術師として研究していることを内緒にしていたようだ。

「私たちには、先生と一緒の場所でなければ、研究はしてはいけないって言うのよ」

「お前が、危なっかしいからだよ」

ギルバートとライラの二人の会話を聞きながら、兄に申し訳なく思う。誰だって、秘密の一つや二つ、持っておきたいものだろう。ここは、兄にとっても大事な居場所だったのだろうから。

「二人とも、魔術が好きなの？」

「ライラはオレより好きですね。暇さえあれば、研究棟に入り浸っているくらいです」

「あら。陛下の若いころのようね」

「えーっ。それはちょっと」

まだ若い姪っ子にとって、父親に似ていると言われて嬉しくはないのかもなと、ちょっと思う。

「オレは、どちらかといえば、魔術より、魔のモノに興味があって」

「まあ」

私は驚いた。もちろん、魔のモノに対する研究も宮廷魔術師の間で、ずっと続けられてはいる。彼等がいったい何なのか。結局のところ、それがわからない。武力で戦っても、魔術で戦っても、倒すことは難しい。『塔』の人間は、肌で感じながら彼等の望む呪歌を模索してきたけれど、どうも彼等の中でも『流行』や『好み』のようなものがある気はしている。

「兄さんは、絵の題材として、魔のモノに興味があるのよねー」

ライラがくすくすと笑う。

「あら、絵を描くの？」

「まあ、少しは」

ギルバートは少しはにかんだ。

「でも、別に魔のモノを描きたいと思っているわけじゃないですよ。形が面白いとは思いますけど」

こほんと、少しだけ咳払いをする。

「彼等は音楽を求めていると聞いていますが、魔楽器の音色だけではダメなのでしょう？」

「ダメというわけではないわ。ただ、物足りないみたい」

私の前の聖女がスキャンダルで代替わりしたときも、私が帝都に帰っていた時も、楽団は聖女不在で儀式《ステージ》を続けていた。

「呪歌は、多少なりとも感情に直接働きかける『言葉』も使っているから、そのあたりの違いもあるのかもしれないわ」

「なるほど」

ギルバートは顎に手を当てて、考え込む。

「ねえ、ソフィア叔母さま、一曲歌ってくださいな」

ライラがステージを指さした。

「いいわ。何がいい？」

「『初恋』がいいなあ」

ライラが口にしたのは、古典的な呪歌。

どちらかといえば、初恋を懐かしむ歌なので、思い出に働きかける作用がある。若いライラからリクエストされるとは思っていなかったけれど、誰でも知っている曲だ。

「わかったわ」

二人がソファに座るのを待って、私はステージに上がる。

木箱の上のステージは、少しカタカタと音を立てた。それすら、懐かしい。

哀調を帯びた旋律。柔らかい言葉。

歌いながら、なぜかグラウのぬくもりを思い出したのは、きっと気のせい。

私は恋をしない。ずっとそう決めていた。だから、この先もしないだろう。形にならない思いは、過去へと押しやる。

歌い終えると、二人が拍手をしてくれた。

ライラはボロボロと涙を流している。

「叔母上、すごい。ずっと聞いていたいです！」

ギルバートが立ち上がって、拍手を続ける。

「曲が良いのよ。『初恋』は、旋律と詞が非常に巧みなの。呪歌は、歌い手の技量より、そちらの方がより重要とされているのよ。私も一応、曲を書くけど、本当に難しいの」

謙遜ではなく、本当にそうなのだ。魔のモノはともかく、人間は特にもともとの曲と詞の出来に感銘を受けると、昔聞いたような気がする。

「曲を作られるのですか？　今度の独演会《リサイタル》でも新しい歌を？」

ライラは涙を拭きながら、期待に満ちたような目を私に向ける。

「新しい曲を？　そうねえ。それもありかもしれないけれど、私、最近の帝都の流行とか知らないから」

塔で作っていたのは、魔のモノの反応を見ながら作った旋律。人間がどう思うかは、全くわからない。最近の流行歌を聞いたり、街の様子を見ていれば、何か思いつくかもしれないけれど。

「お出かけになればよろしいかと思います。独演会《リサイタル》のためって言えば、皆、納得します。叔母上のお作りになられた新曲、ぜひ聞いてみたいです！」

「私もです！」

「まあ。ひとをのせるのが上手なのは、父親譲りね。そうね。相談してみるわ」

独演会《リサイタル》に向けて、自分がやれることが少なすぎるから、それくらいチャレンジしてもいいかもしれない。

本当に見に来てもらえるのか未《いま》だに不安ではあるのだけれど。やるからには出来ることは全部やっておきたい。

甥と姪との語らいはとても楽しく、時間を忘れるほどだった。

部屋に戻るために、小屋を出るころには、かなり夜も更けていた。

「おやすみなさい」

二人と別れて、見上げた空は、森よりもずっと星の数が少なく、空が明るい。そんなことを思い出したせいだろうか。微《かす》かに魔のモノの気配を感じたような気がした。


次の日。朝、食事で一緒になった兄に話すと、外出許可は意外と簡単にもらえた。

条件は、法衣を着ることと、護衛と一緒に行くことだ。法衣を着たら、お忍びでもなんでもなくなって、目立つのではないかと思うのだけれど、法衣を着ないと許可できないと言われた。目立った方が、かえって安全ということなのだろうか。

「ソフィアさま、お迎えが参りました」

ロゼッタが部屋に呼びに来てくれたのは、その日の午前中だった。朝に話したことなのに、随分と早い。

馬場まで行くと、二頭立ての馬車と、軍服をまとったグラウが待っていた。御者台に乗っているのは、ケビン・ザナだ。

グラウは、私の姿を認めると、にこやかに笑みを浮かべた。

「お待たせいたしました。ソフィアさま」

言いながら、私の前にひざまずいて手にキスをする。私の勝手で呼び出したのだし、毎回そこまでの挨拶をしなくてもいい気もするのだけど、グラウは本当にまじめなのだろう。嫌ではないが、胸が騒いで困る。問題は私の方にあるとは思うのだけれども、どうしても挨拶として受け流せない。

「まさか将軍が来てくださるとは思っていなかったわ」

「いつでも私がお供いたしますと、申し上げました」

ニコリとグラウは微笑む。深い緑色の目はいつもと同じ優しい光をたたえている。

「陛下のお話では、曲をお創りになるために街を見てまわられたいと伺いましたが？」

「はい。せっかくの独演会《リサイタル》ですから、新しい曲をと思いまして」

もちろん、何も浮かばない可能性もある。日数もあまりないし、ただ遊ぶだけ、もとい、見学するだけになってしまうことになるかもしれない。ただ、将軍を護衛に駆り出して出かける以上は、私も真剣に取り組まないといけない。

「私の方で何か所かご案内させていただきます。それで、他にもお寄りになりたいところがございましたら、都度おっしゃってください」

「わかりました」

私はグラウと二人で、馬車に乗り込んだ。

四人乗りの馬車に、はす向かいに座る。グラウとの距離がほんの少しだけあることにホッとするような、寂しいような、自分でもよくわからない気持ちだ。

「ザナ、やってくれ」

グラウの指示を受けて、馬車が走り出す。

「まずは、市場に参りましょう」

「はい」

馬車はゆっくりと城門を抜けた。城門を抜けると、大きな円形広場があり、周囲は官庁街になっている。

市場は、円形広間から放射状に延びる道をたどっていった先だ。官庁街から離れて、市街地に入って行くと、人通りが増え始めていく。

私たちは、市場の手前で馬車から降りた。

「では、またあとで頼む」

「承知いたしました」

ザナとはまたあとで、合流することになっているらしい。馬車が去っていくのを見送って、私はグラウの案内で、市場に入って行く。露店の業種は決まっていないので、売られているものは、本当に多種多様だ。賑やかな声があちこちから響いていて、様々なにおいが漂う。大きなかごに、山盛りの野菜。アクセサリーに、雑貨、肉、魚。材料だけでなく、パンやパイも売っている。

「賑やかね」

見ているだけで、ワクワクしてくる。

人々の活気と初夏の眩しい日差し。時折、聞こえてくるもめ事の声すら、泥臭いひとの営みだ。エネルギッシュなリズムを感じる。

森で感じる草木の生命の力とはまた違うものだ。

「美味しそう！」

食欲を誘う香り。店主が屋台の上に並べているのは、揚げた豆に砂糖をまぶした素朴なお菓子だ。

「買ってもいいかしら？」

「もちろんです」

グラウに確認してから、私は店主に声を掛ける。

「聖女さま？」

店主が私を見て、目を白黒させる。もちろん、聖女の法衣はここでも有名だ。このデザインの衣装は他に誰も着ることがないのだから。

「おひとつくださいな」

「は、はい。ただいまっ」

明らかに緊張しながら、店主は大きな葉に豆菓子を包む。手慣れているはずの手元が、震えていた。

「ありがとう」

私は懐から硬貨を取り出した。

「そ、そんな聖女さまからお代はいただけません」

店主は恐縮して、首を振る。

「そういうわけにはいかないわ。お釣りはいただきたいけど」

くすりと笑う。皇帝の妹のくせに、ちょっとケチ臭いかなとは思った。

「も、もちろんでございます」

渡した硬貨にお釣りを出してもらって、豆菓子を受け取る。ちょっと幸せな気分だ。

「私、これが好きなのです」

「そうなのですか？」

グラウが驚きの表情を見せる。

「昔、ひとりで街に出て、こっそり買って食べていたのよ」

「街に？　おひとりで？」

「ええ。下賤の生まれの皇女のことなど、宮殿にいなくても誰も気にしなかったのよ。こっそり、秘密の抜け道から出かけたの」

　私は肩をすくめる。

「秘密の抜け道ですか？」

「ええ。水運で運んできたときにだけ使う通用口があるでしょ？　昼間なら見張りの衛兵から丸見えだから、今考えると、秘密でもなんでもなかったけど。なんにしても、ずいぶんとお転婆だったのね」

　たぶん、そんなことをしていたから余計に、皇妃に嫌われたのだろう。

「なるほど。だからおひとりで、兵舎においでになろうなどとお思いになられたということですか」

　グラウは得心したように頷いた。

「でも、ひょっとしたら、ひとりじゃなかったのかもね」

　私は隣を歩くグラウを見上げる。

　今思えば、皇妃には嫌われていたけれど、父は不器用に愛してくれていたと思う。表立って、私を庇《かば》うようなことはしなかったけれど、父に嫌われていると思ったことはなかった。

　私が知らなかっただけで、護衛が後ろからついてきていたのかもしれない。

「そうかもしれません。ソフィアさまのような方が、ひとりで街をうろついて、何もないことはないかと」

グラウが苦笑する。

「人目をひく美少女でいらっしゃいましたから」

「まさか」

私は首を振る。

「聖女の法衣のせいじゃないかしら。これを着ると神秘な雰囲気が五割増しになると思いますよ」

「いえ。間違いございません」

グラウは真顔で断定する。

「聖女になる前から、私はソフィアさまを存じております」

「本当かしら」

私たちは市場の喧騒をゆっくりと通り抜ける。

長身で軍服を着ているグラウは、とても目立つようだ。彼が前を通るだけで、店の人間が少しだけ緊張するのが伝わってくる。

別にやましいことがなくても、武装した軍人を警戒してしまうだろうなと思う。もっとも、たくさんのひとがこちらを見るのは、グラウではなく、私の方に原因があるようだ。確かに、軍人は珍しくないけれど、聖女は珍しいのだから、当然と言えば当然だ。さすがに兵士のように、敬礼したままこちらを見ていたりはしないので、気持ちはずっと楽だけど。

屋台を通り抜けた先には、いくつか長椅子が置かれている。市場で買ったものを食べたり、休憩したりするのに、使われているらしい。

私とグラウは並んで長椅子に腰かけた。

年甲斐もなく、弾んだ気持ちで、手にした葉の包みを開く。甘い香りが漂った。

「久しぶりだわ」

一粒口にする。甘い。

宮殿や塔の料理人の作るお菓子の方が、ずっと高級で味も複雑だけれど。この味は、ここでしか味わえない。懐かしい味だ。

「将軍もいかがですか？」

「よろしいのですか？」

「はい。どうぞ」

私はグラウの前に包みを差し出した。

「では、遠慮なくいただきます」

グラウは一粒つまんだ。

「ああ、懐かしいですな」

心なしか、グラウの表情が柔らかくなる。

「よく母が作ってくれた味です」

「お母さまが？」

私は驚いた。

「はい、私の家は騎士とは名ばかりの家でした。当然、料理人を雇えませんでしたから、料理は、母がしておりました」

「そうなんですね」

それが良いのか悪いのかは、私にはわからない。

グラウの生家であるレゼルト家は、もともとは男爵家だったと聞いている。そこから剣一本で将軍の座までのし上がってきた男だ。とても苦労してきたのだろう。でも、この味に優しい思い出があるのも事実だろう。母の味があるということは、私にとっては羨ましい。

それでも、一面だけを見て、他人の人生を勝手に評価することはできない。

「美味しいわ」

私はもう一粒口にする。

私にとっては、秘密のお出かけの味。グラウにとっては、母の味。同じ懐かしい味でも、思い出すものは違う。きっと、そういうものなのだろうなと思う。

「残りは部屋に帰ってから食べることにいたします」

私はもう一度、丁寧に包みなおす。

「どこか、他に行かれたいところはありますか？」

「そうね。もう少しこの辺りを歩きたいわ」

私は立ち上がって、再び歩き始めた。

立ち並ぶ店先に、季節の花が飾られている。道を行く人たちの服は初夏の装いだ。

時折走っていく馬車。声を張る辻売り。石畳に落ちる影が濃い。

どこからか、音楽が聞こえてきた。リュートだろうか。

少しだけ人だかりができている。街の辻にリュート弾きの女性が立っていた。

まだ若い女性だ。たぶん、ギルバートと同じくらいかなと思う。ライトブラウンの髪を後ろで一つに束ねていて、服装は旅装束のような服装だ。音色に魔力が混じっている。魔楽器を使用しているようだ。

聞いているだけで楽しくなるような旋律である。

テクニックはもちろん、こめられている魔力は相当なものだ。そして澄んで響く音色。

私は引き寄せられるように輪の中に入っていった。

上手《うま》い。宮廷の楽師たちと比べても遜色ないレベルだ。

一つの楽曲が終わり、一転して、しっとりとした旋律に変わる。これは『初恋』だ。やっぱり、歌詞がなくても、きれいな曲だなと思う。

邪魔をする気は毛頭なかったのだけど、もう少し前で聞きたいと思った時に、前につんのめってしまって、彼女の前に飛び出てしまった。

突然のことに驚いた彼女は、演奏の手を止めて、私を凝視した。

聴衆と、彼女の視線が私に注がれる。

「聖女さま？」

目を見開いたまま呆然と私を見つめて呟く。聴衆たちも私の衣装に気づいたようだ。

せっかく盛り上がっていたところなのに、非常に申し訳ない。完全に水を差してしまった。

「こんにちは。素敵な演奏をお邪魔して申し訳ございませんでした。どうか続けてください」

どうしようかと思ったが、何とか取り繕おうとして、私は女性に頭を下げた。もっとも、私の法衣は目立つ。この国で音楽に携わる人間に、気にするなという方が無理というものかもしれない。

「あの。塔に出入りしている楽器職人のハーデンの娘、アリスです。お久しぶりでございます！」

輪の中に引っ込もうとした私に、彼女が話しかける。

「え？　ハーデンさんの娘さんなの？」

私は驚いた。ハーデンは、年に数回、楽器のメンテナンスのために塔に来てくれる職人だ。

一時期、弟子と言って娘さんと一緒に来ていたことがあった。もう十年近く前のことだ。言われてみれば面影はあるけれど、すぐにはわからなかった。私の十年はたいして変化がないけれど、彼女の十年は大きな変化をもたらしている。

「ずいぶんと大きくなられて。全然気が付かなかったわ」

すっかり、素敵な女性に成長していて、言われるまで全くわからなかった。

ハーデンが娘さんを連れてこなくなったのは、いつからだったか。身長もいつの間にか私より高くなっている。

「ねえ。今演奏しようとしていたの、『初恋』よね。一緒に歌わせていただいていいかしら?」

「え?」

アリスが目を丸くする。

彼女が答える前に、周囲が一斉に歓声を上げた。

ここにいる聴衆のほとんどは、たぶん私の歌を聞いたことはないだろう。でも『聖女』であることは知っている。

当然、この国の平和が聖女の歌で守られていることもわかっているから、実際の能力はともかく、この国の音楽が聖女中心に回っていることも、周知の事実だ。

「ほ、本当ですか! こ、光栄です!」

アリスの言葉は震えている。

「わがまま言ってごめんなさいね」

私はアリスに笑いかけた。

「と、とんでもございません! 幼き日に聖女さまの歌をお聞きして以来、ずっといつかご一緒したいと願っておりました」

「まあ、嬉しいわ」

小さな楽器職人さんが、そんなふうに思っていてくれたとは、本当に嬉しい。

私は彼女の隣に立つ。

グラウは少し苦い顔をしたけれど、頷いてくれた。本当は、こんなふうに飛び入りで街角で歌うなんて無防備すぎる。皇帝の妹としては、しない方が良い。でも、歌いたくなってしまったのだ。

始める前に、少しだけアリスと音合わせをして。

アリスが『初恋』を演奏し始める。弾く音色が心地良い。

街の空気と旋律が絡み合っていく。

私が歌い始めると、周囲はしんと静まり返った。道行く雑踏の音も消え、人々が足を止め『初恋』の調べに酔いしれる。

彼女の演奏はとても素直で歌いやすい。哀調を帯びた旋律が、しっとりと流れていく。じっと辺りの安全に気遣ってくれるグラウに申し訳なくも、感謝を込めて、私は歌った。

曲が終わると、私たちは拍手に包まれた。なぜか、私たちを拝んでいるひとまでいる。

「ありがとうございました」

聴衆に二人であいさつすると、大量のおひねりが彼女の用意していた箱に投げ入れられた。

アリスの頬は紅潮し、瞳がうるんでいる。

「本当に夢のようです」

「私の方こそ、楽しかったわ」

街で歌うなんて初めてだったから、とても新鮮だった。同じ曲でも、場所や一緒に演奏する人が違うと違って感じるものなのだなと改めて思う。

「ソフィアさま、そろそろ」

グラウが私の耳元で囁く。

ああそうだ。いつまでもここにいるわけにはいかない。護衛をするグラウも、これだけの人に囲まれ続けては、気が休まる暇もないだろう。

「アリス、今日はありがとう」

私は彼女に別れを告げようとして、ふと思いつく。

「ねえ。もし、楽師になるつもりがあるなら、宮殿を訊ねてきて」

「楽師？」

「ええ」

私は頷く。宮廷の楽師になることが必ずしも幸せとは限らないけれど、彼女には才能がある。もし、彼女が望むなら、ネイマールに引き合わせたい。

「それでは」

「ありがとうございました」

アリスに挨拶すると、私たちは聴衆の輪を抜け出した。

さすがに、軍服を着ているグラウが隣にいるので、後をつけてくるようなひともないようだ。何事もなかったからよかったものの、あまり考えなしに動くのは、やっぱりよくない。護衛をしてくれているグラウに申し訳ない。

「勝手に行動してしまって、ごめんなさい」

「いえ、素晴らしかったです。良いものを聞かせていただきました」

グラウは優しく微笑む。

瞳に浮かぶ光は柔らかくて、先ほど歌った『初恋』の旋律のように、私の心を揺り動かす。蓋をしようとすればするほど、大きくなっていくようで、少し怖い。

私の傍らを歩くグラウとの距離は、とても近いけれど、恋人たちの距離ではない。私に向ける目はとても優しいけれど、時折、鋭く辺りを見回している。彼にとっては、私は守るべき人間ではあるけれど、それは職務なのだ。それをつい忘れてしまう私は、いろいろと自覚が足りないのかもしれない。

「実は、ご案内したいところがあるのです」

人ごみを少し離れたところで、グラウが切り出した。

「どちらですか？」

「人気のカフェ・バーですよ」

グラウは頭を掻きながら答える。

「ソフィアさまはハーブティがお好きでしたよね？」

「ええ」

私は頷く。

喉のことが心配だったこともあるけれど、お茶には昔からすごく凝っている方だと思う。

塔での唯一の道楽と言ってもいいかもしれない。

「何種類ものお茶を取り扱っていることで有名なのですよ」

「お茶を？」

いったいどんな店なのだろう。

「酒場のオシャレ版と思っていただければ。レストランよりは気楽な雰囲気ですし、ランチをお召し上がりいただけるように、手配をしておきました」

「まあ」

そういえば、そろそろお昼だ。お菓子のつまみ食いはしたけれど、お腹がすいてきたかもしれない。

私の法衣は目立つから、あらかじめ予約した方が、お店側としても警備をするグラウとしても、やりやすいかもしれない。グラウの配慮に感謝だ。

賑やかな街並みを歩いていくと、ひときわ軒先のお花が綺麗なお店があった。『木漏れ日邸』と書かれている。

「ここですね」

かなり大きな店のようだ。

グラウが軽くノックする。少し間が開いて、扉が開き、礼服を着た男性が頭を下げた。

「レゼルトさま、お待ちしておりました。どうぞこちらへ」

男性は丁寧に会釈をして、私たちを招き入れた。

店内はずいぶんと広いようだが、私たちは店の中央にある階段を上った先の二階席に案内された。

吹き抜け構造になっていて、一階の席を見下ろすような感じになっている。テーブルとテーブルの間隔は二階の方が広く、贅沢な配置になっていた。客はほぼ一階席を利用していて、二階は私たちの他に、ひとはいなかった。予約した折、警備上の理由で、そのように店側に頼んだのかもしれない。

壁や天井に魔道灯。外光は控えめで、照明はちょっとだけ薄暗い。

かなり落ち着いた雰囲気だ。この感じは、夜のお酒が入る時間帯の方に合わせているのかもしれない。

「とても素敵なお店ね」

ざわざわとしていないので、少しだけアダルトな感じがして、年甲斐もなくドキドキする。当然、こんな雰囲気のお店に入ったことなどない。

「気に入っていただけて、良かったです。知人がやっている店なのです」

グラウが頭を掻いた。

「ここなら、警備上も問題ありませんし、女性にも人気がある店なのですよ」

「そうですか」

確かにここなら、比較的安全そうだ。

店員の様子から見て、グラウは常連客なのかもしれない。普段は誰と来ているのだろう。

ふと、そんな疑問が頭に渦巻いた。

「お待たせいたしました」

オーダーは予約の時に済んでいたらしく、料理が運ばれてきた。

エビのサラダ、熱々のキッシュパイ。冷たくしたハーブティ。

お昼なので、そこまで重い料理ではないけれど、ボリュームたっぷりだ。

「ソフィアさま、どうぞお召し上がりください」

「ええ。そうね」

私は頷く。グラウの私生活を詮索しても意味がない。知ろうと踏み込めば、自分が痛くなる気がする。

塔にいたころは、他人との距離を保つのは聖女としての責務のためだった。聖女をやめた今、距離を保とうとするのは、ただの臆病なのかもしれない。

だとしても、何でも前に突き進むことのできた若いころとは違う。今を失うことの怖さを知りすぎている。それに何よりも、今日は新しい歌を作らないといけないのだ。

それにしても、このメニュー。私の好きなものばかり。お店のセレクトなのか、グラウのオーダーなのか知らないけれど、私の好みを熟知しているかのようだ。

見た目はもちろん、味もとても美味しくて、どんどん食べてしまう。

「そういえば、聖女になる前の私を知っているって、本当なの？」

キッシュパイにナイフを入れながら、私はグラウに話しかけた。

一応、私は皇族だから、騎士であるグラウが知っていてもおかしくないのだけど、私は公式行事に出てもいつも隅にいた。

パーティに行けば、壁際に生息していたし、あまり人とも話さなかった。

「もちろんです。私が十七歳の時、建国祭のパーティでお見掛けしました」

グラウは懐かしそうに目を細める。

なるほど。建国祭ならば、私も参加はしていた。記憶力の良いグラウであれば、覚えていても不思議はないのかもしれない。

「するすると壁際にお隠れになり、こっそりと途中で庭に抜け出して、歌を歌っておられた」

「え？」

その時の様子を思い出したのであろう。グラウが笑いをかみ殺そうとしている。

「……どうしてそれを」

今まで誰にも指摘されることもなかったし、咎められもしていなかった。

「ソフィアさまは、ご自身で思われているより、目立っているのですよ」

「それは、困ったわね」

私は思わず肩をすくめた。

今さら、過去にさかのぼって、行動を咎められることはないだろうけれど、建国祭のパーティを勝手に抜け出して遊んでいた行為は、褒められたものではない。

「だからこそ、ソフィアさまが聖女になられた時。あなたなら、魔のモノを鎮められることを確信していたのです」

「そうなのですか？」

「はい」

グラウは真顔で頷く。

「事実、この国はかつてないほどの、安定と平和を得ることが出来ました」

「私一人の力ではないわ」

塔での儀式《ステージ》は、私一人では出来ないものだ。塔で働くたくさんの人々だけではない。帝都で、支えてくれるひとたちもいる。

「それでも、ソフィアさまは、もっと胸を張るべきでございます」

「ありがとう」

その言葉を言われるのは二度目。

私だけの力ではないけれど、得られた成果には変わりはない。

これからどう生きるのかわからないけれど、私の二十二年間は誇ってもいいのかもしれない。

ハーブティのすっきりとした味わいが、じんわりと身体に染みていく感じがした。


店を出ると、馬車止めにザナが待っていた。

ここで待ち合わせる予定だったのだろう。

「他にご覧になりたい場所はございますか?」

グラウに問いかけられて、私は首をかしげる。

「なければ、風見の丘へご案内したいのですが」

「風見の丘に?」

風見の丘は、帝都カルカの城壁の外にある高台だ。街を一望できるという話だが、一度も行ったことはない。

私は再び馬車に乗り込んだ。

市街地を抜け、城壁の外に出る。風見の丘は、帝都防衛の重要な拠点なので、単に風光明媚《ふうこうめいび》な場所というわけではなく、軍事拠点にもなっているから、言葉で受けるイメージよりずっと、武骨で重々しい建物がつくられていたりする。

本当は軍の施設だから、こんな物見遊山で入ってはいけないとは思うのだけれど、グラウは私を物見台へと案内してくれた。

物見台は、軍の建物の屋根の上に突き出た塔だ。長い階段を上り、肩で息をしながら最上部にたどり着く。階段は塔で上りなれてはいるけれど、少しきつかった。

「素敵」

私は息をのんだ。もちろん話には聞いていたし、絵画の題材にもされている。

だが、そこには、想像以上の光景が広がっていた。

傾き始めた夕日に染められて、ルナント川が黄金色に輝いている。

白い城壁も朱金に染まり、柔らかな輝きの中にカルカの街があった。

風が頬を撫でる。

とても静かだ。物見台の建物の傍で待っている馬の鳴く声が聞こえるほどだ。

「あなたのお姿を初めて見たころ、私は騎士になってまだ間もない若造でした」

グラウの目が、遠くを見ている。まるで、過去の風景を見ているかのようだ。

「家は貧しく、剣だけしか誇るものはありませんでした。祝典に参加はしていても、全てが眩しすぎて遠かった」

黄昏に染められたグラウの顔を、私は見上げる。

「社交の場で見かけるあなたは、いつもどこか寂し気な目をしておられた。誰もがそれに気づいていたのに、誰もあなたに手を差し伸べない。それなのに、私は遠くから見ていることしかできなかった」

まるで夕日の向こうに、あの頃の私が見えているかのようだ。

「あなたを護れる存在になりたい。それだけを願っていた」

「将軍……」

メアリー皇妃に疎まれて、苦しかったあの頃。思い出すのは今でも辛いけれど。

「そんなふうに思っていてくださっただけで、嬉しいです」

私はグラウの手を取り、両手で包み込む。

「将軍はいつだって私を護ってくださっていた。聖女の任を全うできたのは、あなたがいてくださったからだわ。本当にありがとう」

「ソフィアさま」

グラウの瞳に私の姿が映る。

胸がドキリと、音を立てた。

急に恥ずかしくなって、思わず引っ込めようとした手は、彼の手に握り締められてしまった。

「聖女であろうと、なかろうと。あなたがどこへ行かれようとも。私はいつでもあなたをお護りいたします」

グラウはそっと私の指に唇を押し付ける。指に感じる柔らかな感触。

「陛下に命じられたからではありません。これは私の意志であり、願いであります。どうか、この願いを、私から奪わないでください」

「将軍……」

私はすでに聖女ではない。彼から無条件に忠誠をもらえる立場ではなくなっている。

それでも、彼は、私の騎士のままでいてくれると言っているのだ。胸が熱い。

「ありがとう」

私は再び、広がる朱金の世界に目を向ける。

お互いに本当に言いたい言葉は、たぶん違う気がする。でも、これで十分だ。

黄金色の世界の魔法は永遠には続かない。それは夢のような輝きだから。

「不思議ね」

静かで、無音の世界に身を置いているのに、聞こえてくる旋律。誰も声を発していないのに、あふれてくる言葉。

賑わう市場の風景。アリスとの共演。美味しいごはん。そして、グラウの緑色の瞳。

私の中で、新しい音楽が流れ始めている。

「新しい曲が作れそうな気がするわ」

グラウは答えず、ただ私を見つめている。私の邪魔をしないようにしてくれているのだろう。

風の音に耳を澄ましていた私はふと、空を見上げた。

「どうかなさいましたか？」

「いえ。何か、魔のモノの気配を感じたような気がしたの」

そんなはずはない。魔のモノの住む森は、ここからは遠いのだ。

「きっと夕日のせいね。儀式《ステージ》はいつも日暮れと同時に始めていたから」

私ははるか彼方《かなた》に目を向ける。黄金色に染まる世界の向こうにあるはずの森は、ここからは見えなかった。


実際、自分の作った曲を歌うかどうかは別として、曲自体は、びっくりするほど早く作れた。

こんなに早く書けたのは初めてではないかと思う。

試演会《リハーサル》前のネイマールとの打ち合わせに、間に合ったのは奇跡だ。新曲についてのネイマールの評価は上々で、少しほっとした。

明日は、独演会《リサイタル》前の大事な試演会《リハーサル》だ。

「引継ぎは終わったのに、法衣を新調するとは思わなかったわ」

打ち合わせに現れたネイマールは、新しい『聖女』の法衣とイヤリングを持ってきた。兄からのプレゼントだそうだ。イヤリングは、どうやら何らかの魔術を込めた魔石。光を反射して、虹色に光る。とてもきれいだ。

慰労パーティは、普通のドレスを着る予定なのだけど、それまでは『聖女』扱い。だから独演会《リサイタル》は、法衣で歌う。言われてみれば、みんな『聖女』を見にくるのだ。さすがに、誰かわからないかららって理由ではないと思う。

独演会《リサイタル》まであとわずか。

ネイマールから楽団のメンバーの説明を受けた私は、アリスが入っているのに驚いた。

あの日、帰ってすぐネイマールに彼女の話はしたけれど、これはまさかの展開だった。

「リュート弾きをちょうど捜しておりましたし、彼女なら身元もしっかりしており、しかも腕は確かでしたので」

私から話を聞いて、ほぼ一日で探し当てて、楽団に入るように説得したらしい。ネイマールの仕事の速さには驚く。

明日は、会場となる講堂で、楽団の人たちと会うことになっている。当然初顔あわせなので、少し緊張してきた。

もっとも、本当に初めて会うひとばかりではない。塔に来てくれていたメンバーが半分くらいいるのだから。

ネイマールによれば、まだ数人、交渉中の人間もいるらしい。塔にいた頃よりも、ずっと豪華な楽団になりそうだ。

試演会《リハーサル》といっても、呪歌を歌うと消耗が激しいので、私はほぼ歌わない予定。やることは曲の選曲や、順番、立ち位置の確認が主となる。楽師たちは、もっと深く、丁寧に音楽を奏でながら、打ち合わせをする。

歌い手だけ手を抜く形で申し訳ないとは思うけれど、これは消費する魔力が段違いだから、仕方がない。

「ところで、独演会《リサイタル》と慰労パーティのあとって、私はどうなる予定なの？」

いつまでも、この『客間』に居座るのも問題だと思う。

グラウに話したように、魔のモノに会いに行けるなんて思ってはいないけれど、せめて、兄がどう考えているかを教えて欲しい。兄に予定がないのなら、私は私なりに身の振り方を考えたい。

「はっきりとは申し上げられません。慰労パーティまでは、まだ、内密にしておきたいと、陛下はお考えです」

まどろっこしい言い方だ。

「ということは、予定はあるのね？」

「ある、とだけ申し上げておきましょう」

ネイマールは頷く。

「内密にする理由は？」

それくらいは教えて欲しいと思う。私は、もう子供ではないのだから。

「ひとつは、独演会《リサイタル》を成功させるため。ふたつめは、周囲の動向を見ているのです」

意味が分からない。

「ソフィアさまがこちらに戻られてから、不穏な動きがみられます。ソフィアさまもご存知かと思いますが、怪しい人間が宮殿に入り込んでおりまして」

「怪しい人間……」

この前、寝具を交換に来た侍女のことだろうか。

「捕らえはしましたが、命じたのが何者なのかがはっきりしておりません。ただ、ソフィアさまが狙われておりますことは確かです」

「私を？」

私を狙って何になるのだろう。私にはもう何もないのに。

「そうでなくとも二十二年もの長き間、最前線にいたソフィアさまは、軍部の人間に顔が広く、強い影響力のあるお方。連日、ソフィアさまに面会したいという輩《やから》が宮廷に押し寄せてきていることは、ご存知ですか？」

「え？」

まったく知らない。客が来ているって取り次がれないし。

そもそも、軍部の人間に顔がきくとかは全くないと思う。影響力なんてどこにあるのか、私が教えて欲しい。

「聞いてないけど?」

「あたりまえです。陛下から、全てソフィアさまにおつなぎせずにお断りするよう、ご指示が出ております」

「どういうこと?」

さっぱり話がわからない。

「陛下を通さずに、ソフィアさまを籠絡せんとする輩が多いのです。簡単に言えば、縁談、商談ですな」

「縁談?」

商談はまだわかる。軍の人間と親しいと思われているとすれば、取り次ぎを頼みたいと思う人間はいるだろう。

しかし、縁談?

「私、四十歳ですよ?」

「政略結婚に年齢は関係ありません。ソフィアさまには政治的な価値があります」

「でも、私では、いまさら子供も難しいでしょうし」

四十歳でも子供を授かることはあるが、それをあてにして、権力を手に入れようとするには、あまりにも心もとない賭けだと思う。しかも、私の母は孤児。皇帝の妹ではあるが、母の実家というものがないので後ろ盾としては弱いのだ。

「あなたが妻であることこそが、大切なのです」

「よくわからないわ」

もちろん政略結婚に愛など必要ないことは理解していたが、実際にそんな話があるとは思っていなかった。自分自身に突然価値があると言われてもよくわからない。

「いまのところ、大事には至っておりませんし、警備は厳重にしております。ですが、悪事は白日の下にさらさねばなりません。それまでは、こちらが大きく動くわけには参りません。おわかりいただけましたか？」

「なんとなく」

私は頷く。

「ソフィアさまの名声、功績は素晴らしいものです。軍部だけでなく、国民の信頼もかなりなものにございます。ゆえに、疎んだり、妬ましく思ったりする者もおりますし、その名を利用しようとする者もいるのです。くれぐれもご用心を」

ネイマールはうやうやしく頭を下げて、部屋を出て行った。

「まいったわね」

新しい法衣をながめつつ、私は窓の外に目をやる。

庭園の緑は、今日も眩しい。

それにしても。

随分ときな臭い話だ。実際に私を狙うって何が目的なのか。

私の名声と言われても、ピンとこない。長年、塔にこもって歌っていただけだ。

そもそも聖女の職は、私が決まった時、誰一人他にやりたい者はいなかった。誰かから、奪い取った仕事ではない。

そして、まさか自分に縁談があるとは思ってもみなかった。五年前、縁談があるからと言われた、あの縁談はどんな相手だったのかも知らないけれど、そんな話はもうないものと思っていた。

自分の知らないところで、自分の知らない『価値』が勝手に自分に加味されていくのは、不思議な感じがする。

でも。『予定がある』ってことは、ひょっとしたら、それも縁談なのかもしれない。それ以外の身の振り方であれば、それほど政治的に意味はなさそうだ。

たぶんそうだ。ただ早々に発表しては、何か障りがあるのだろう。

皇族に生まれた以上、政略結婚は当たり前。当事者同士の想いなどは、二の次だ。

夫が誰であろうと、愛されなくても、愛せなくても、関係はない。わかっている。兄が望むのであれば、私はその縁談を受けるだろう。そういうものだ。

脳裏にグラウの顔が浮かぶのは、きっと気のせい。ずっと、人生の節目に彼がそばにいてくれたからだろう。

『人々が無邪気に恋や夢を語れるのは、ソフィアさまのおかげです。ソフィアさまは、もっと胸を張るべきです』

不意にグラウの言葉が浮かぶ。

そう。兄の治世の安定は、皆の生活を守ることにつながる。

聖女になった時、恋はしないと決めていた。

今さら、何を求めるのか。

手に入らないものを欲しいと思っても、辛いだけだ。

私は決して、不幸ではない。

私には、前を向く勇気をくれるひとがいる。そのひととともに生きることはかなわないとしても、その言葉は本物だから。

「そうね。私はもっと、自分のしてきたことに誇りを持たなくては」

新しい法衣にそでを通して、姿見に自分の姿を映す。

「とりあえず、独演会《リサイタル》をがんばらないとね」

何人来てくれるかわからないけれど、少なくともグラウは来てくれる。

それだけで、十分だった。

独演会《リサイタル》の試演会《リハーサル》は、かなりの見物客が押し寄せる中、粛々と進んだ。

もちろん、アリスも来てくれた。宮廷の楽師たちと共演することに、彼女自身、気後れはあったようだけれど、思い切って参加することにしたらしい。

当初、宮廷の楽師でないアリスが参加することに、異を唱える楽師もいたようだったが、彼女の奏でる『音』を聞いて納得したみたいだ。彼女のリュートは、ハイレベルだ。拒絶する理由は何もない。

独演会《リサイタル》の選曲などは、楽師たちに一任することにした。一応、私の作った曲も候補に入れてもらっている。

彼等は普段、『人間の観客』相手に奏でているので、私よりノウハウは持っているし、帝都の流行にも詳しい。任せておいた方が無難だ。

楽師が使うのは、魔楽器で、奏でる時に音に魔力を付与する代物なので、歌唱ほどではないにしろ、それなりの魔力を消耗する。だから、今日は魔力を込めない普通の楽器を併用しながら進めていくらしい。

塔でもそうだったのだけど、みんな聖女には遠慮がちになってしまうので、できるだけ私が口を出さない方がうまく行くことが多い。アリスもうまくやっているようなので、私は少し席を外すことにした。

講堂だけでは、機材を全部置けないので、すぐそばにある兵舎の食堂の一部を、物置と楽屋として提供してもらっている。本来、ここは、馬車の進入禁止区域らしい。が、今日は特別に馬車が何台も停められていて、続々と荷物が運び込まれている。主たるものは、楽器なのだけれど、そのほかにも、照明用の魔道灯、座席用の椅子などもあるらしい。

楽屋になっている部分には、くつろげるようにソファとテーブルが置かれている。お茶やお菓子なども用意されていて、自由に出入りできるように、窓も扉も開放されていた。

出入りの激しい部屋であるけれど、部屋には女性が一人いただけだった。

「ごきげんよう。ソフィアさま。お懐かしゅうございます」

丁寧に頭を下げたブロンドの髪の女性は、見知った顔であった。

彼女は、エイミー・デソンド。由緒正しい、デソンド公爵家の女主人だ。彼女の夫である公爵は入り婿のため、財産のほとんどは、まだ彼女の名義のままだという噂もある。デソンド家は、皇太后の実家であり、彼女は姪に当たる。

その昔、私と一緒に呪歌を習っていた。そして、あの時の『聖女』候補の一人だったらしい。

もっとも、私が話を聞いたときには、既に私が行くことになっていて、拒否権はなかった。

聖女は、決して人気のある仕事ではない。現在のことは知らないが、彼女は非常に華やかなことが好きなひとだった。

それに彼女の家は皇太后であるメアリーのご実家だし、公爵家の一人娘であるから、本人の意志がたとえイエスであったとしても、周囲の反対は大きかったと思う。

当時は、文字通り『境界の塔』は最前線だった。既に魔のモノが侵攻を始めていたから、拒否は当然ともいえる。

名誉なだけで、危険な聖女を積極的に引き受ける理由はどこにもなかった。今はともかく、当時の公爵家はかなり力を持っていたから、父としても、皇妃と公爵家の反感を買うくらいなら、私に行かせた方が政治的に最良と思ったのだろう。それだけのことだ。

「こちらこそ」

私は笑みを返す。いろいろそのことで思うところはあるけれど、二十二年前のことだし、一緒に学んだ間柄でもある。帝都に知人の少ない私には、懐かしかった。

「ハーブティはいかがですか？」

エイミーは私にソファに座るように勧め、カップを前に差し出してくれた。

「ありがとう」

とても良い香りだ。

私はカップを手にして、口にする。

それにしても、エイミーの服装は落ち着いたモスグリーンのドレス。華美な飾りはないけれど、上等な布で仕立てたものだ。公爵夫人だから当然とはいえ、どう見ても『楽団』のメンバーの服装ではないし、ネイマールからは聞いていない。

いやな予感がした。

昨日の段階で、交渉中のメンバーがまだいると聞いてはいたが、エイミーは、私のバックコーラスをするには、ビックネームすぎる。彼女は立派な皇族だ。ゲストならわからなくもないが、そんな演出、誰からも聞いていない。

「あなた、今日はどうしてこちらへ?」

楽団の関係者でも、軍の関係者でもない。そんな人間が、なぜここに居るのだろう?

「楽団のメンバーに頼んで、ご挨拶に参りましたの。独演会《リサイタル》当日は、軍の関係者しか入れないと伺ったので」

彼女はにこりと笑う。

まずい。よくわからないけれど、逃げなくては、と思った。

私はソファから、立ち上がろうとしたが、足に力が入らず、ソファに崩れるように落ちる。

「誰か……」

助けを呼ぼうとしたが、声が出ない。

「いくら宮殿に伺っても、お茶会にもお誘いできないんですもの。だから、お迎えに参りましたの」

それを最後に世界が暗転し、私は意識を失った。

魔のモノの気配がする。

ああ、もうそんな時間かな、と思う。彼等は時間に正確だ。

ぼんやりとした思考でそんなことを考える。

歌わなければ。長年にわたって、しみついた義務感と習慣で、私は『春』を歌い始めた。思ったより、声がのびない。どうしたのだろう。

「おや、お目覚めになられたようですな。寝ながら歌うなんて、さすが聖女どのは違う」

誰かの声がする。何か嫌味を言われている気がする。少し異国なまりのある感じ。

夢だろうか？　それにしても私は、いつの間に眠っていたのだろう。

なんだか頭が重い。少し頭痛がする。

どうして私は、椅子に座ったまま寝ていたのだろう。

にぶい頭でそんなことを考える。

ずいぶん手首が痛い。

どうやら後ろ手にされて、縛られているようだ。体を動かそうとして、体も足も縛られているらしいことに気づく。完全に拘束されている。

重たい目をゆっくりと開くと、そこは見たこともない部屋だった。

全体的に薄暗い。ランプが一つ灯されているけれど、窓一つないつくりだ。少しかび臭い気がする。あまり使われていない部屋だろうか。

私を見下ろしているのは、見慣れない男だった。年齢は二十代後半くらいだろう。筋肉質な体つきでずいぶん鋭い目をしている。少なくとも、武道の心得がある人間であろう。着ているものは白の絹の上着で、豪奢《ごうしゃ》な刺繡が施してある異国風のものだ。かなり高い身分の人間と思われた。髪は黒く、肌は褐色だ。

扉は彼の後ろに一つ見える。部屋の中には、彼の他にあと二人。いずれも武装しているが、少なくとも我が国の軍の人間ではなさそうだ。

何が一体、どうしてこうなったのだろう。

ああそうだ。楽屋で、エイミーにすすめられてハーブティを飲んで。その後の記憶が無い。

『ソフィアさまがこちらに戻られてから、水面下で不穏な動きがみられます』

ネイマールの話を思い出す。私を狙っている人間がいると言っていた。

それなのに、油断をしていたと思う。軍の施設内ということで、完全に無警戒だった。

本番ではなく、試演会《リハーサル》を狙ったのは、物品の搬入等でひとの出入りが激しく、警備も甘くなると計算してのことだろう。

まして、公爵家の人間なら、咎められはしない。それに本番と違って、私の不在に気づきにくい。

完全に計画的な行動だ。搬入で荷馬車がかなり入っていたから、箱か何かに入れてしまえば連れ出すのも簡単だったに違いない。

エイミーが関係していたのは間違いないと思うけれど、この人たちは公爵家の人間だろうか？

「なぜ、こんなところに……私をどうするつもりなの？」

声がかすれる。

しんと静まり返った部屋。ここはどこだろう。この男は服装から見て、公爵家の人間には見えない。

「大丈夫です。あなたは大事な客人ですから、手荒なことはしませんよ。ご安心を」

にやり、と男は笑う。

この状況は十分手荒だと思うのだが、違うのだろうか？　椅子に縛られていて、動けないというのに。

「どういうこと？」

「長年にわたるお務めの慰労として、我が国にご招待しようかと」

言葉だけはうやうやしく、男は頭を下げた。

「ご招待？」

何を言っているのだろう。

「これは僕にとっても大きな『賭け』なんでね。もちろん、『賭け』ですから、負ける可能性もある。ただ、負けても大負けしなければいいのです」

　男は楽しげに語る。

「あなたは、我々の保険になっていただく。なあに。難しいことを要求しているわけではありませんよ？　客人として丁重におもてなしする予定ですから」

「ひょっとして、私を人質にするつもり？」

　私は、慎重に問いかけた。

「言っておくけれど、聖女でなくなった私なんて、空っぽ同然だわ。兄は見た目ほど甘いひとではありません」

　もちろん、兄は非情ではない。私が人質になれば、かなり苦悩するだろう。でも、それで大局を見失うようなひとではない。もちろん私としては複雑ではあるが、それが為政者としての資質である。私は、皇帝としての兄を信じている。

「あなたはご自身の価値をわかっていらっしゃらないようだ」

「私の価値？」

「あなたは皇帝の妹にして、長年国を守ってきた『聖女』だ。それを見捨てれば、国民の信頼を失うことになりましょう」

　男は得意げだ。

「その理論で言えば。私を異国に売ったデソンド公爵家も、相当信頼を失うのでは？」

「ふふっ」

男は指をふって、口の端を上げた。

「違いますよ。公爵家はあなたを担保に融資を引き出したにすぎません。代価は別に支払っていただく予定なので」

よくわからないけれど。

やはり一連の事件には、デソンド公爵家が絡んでいるのは間違いない。

デソンド公爵家は、私を人質に差し出すことにより、この男から何か融資を受けたようだ。

何を借りたのだろう。

おそらく、表立って調達できないものだ。

「どちらにせよ、あなたの安全は保障いたしますよ」

男は自信たっぷりに笑う。

私をさらったのは、デソンド公爵家だということは調べればいずれわかるはずだ。なんといっても、軍の敷地内で起こったことなのだから。

それなのに、この男のこの余裕はどこからきているのだろう。

「あなた……誰なの？」

「おっと。これは申し遅れました。私は、タジールの第三王子、イスランと申します。お見知りおきを」

「イスラン王子……」

私は帝都にいなかったこともあり、外交筋にはとんと疎い。はっきりとはわからないけれど、我がグラスリル帝国とタジールとは、長年、友好的に交易を続けてきたはずだ。どう考えても、国際問題になる。

「それにしても、聖女どのは、四十と伺っておりましたが、どうしてどうして。まだまだ、十分にお美しい。驚きました」

イスランは私をじろじろと下卑た笑みを浮かべながら見る。

「タジールの王族は、側室を持つことが許されておりましてな。聖女を妻にするのも、一興かもしれませんなあ」

イスランの指がそっと私の頬を撫でた。ゾッとした。

「冗談にしては笑えないわ。ひょっとして、タジールの国王は今回のことについて、何も知らないのではなくて？　公爵家と何を取引したかは知らないけれど、国王になんて説明をなさるの？　これは国際問題になるのよ？　四十歳の私の色香に血迷って連れ帰ったとでも？」

無論、私は皇族であるから、政略結婚として異国に嫁ぐこともあるだろう。同盟の絆としての体裁の良い人質であれば、年の差も愛情も関係ない。だが、それは国家間で取り決めがあって初めて有効に作用する。こんなふうに強引にさらった人質では、表面上はともかく、水面下では憎悪を産むだろう。万が一、結果として私が幸せになったとしても、そういう問題ではない。必ず戦争の火種になる。

踏むべき手続きというものがあるのだ。

必要な手続きを踏まずに事を起こすことの意味がわからないほど、タジールの国王は愚かではない。

「父が知らないから、どうだと言うのです？」

くつくつとイスランは笑い始めた。

「あなたとの婚姻は、グラスリル帝国の軍部の動きを鈍くすることもできる。今回の『賭け』と関係なく、タジールにとってお得なことが多いのですよ。なんでしたら、先に既成事実を作ってしまえばいい」

イスランは私の胸元に指を這わせ、にやりと笑いながら、舌なめずりをする。

「嫌よ！　触らないで！」

私は、魔力を込めて全力で叫んだ。生理的な嫌悪を感じる。

この男は、どこかおかしい。

その時、ざわっと、空気が揺れた。魔のモノの気配が膨れ上がる。

急に扉の向こうが騒がしくなった。

「なんだ？」

イスランが眉根をよせた。

「何があった？」

突然、大きな音がして部屋の扉が開いた。

「大変です！　コウモリの大群が！」

傭兵のようだがかなり動揺している。被害が出ているというより、あまりのことにパニックになっているという感じだ。

「何？」

どうやら、コウモリが入ってきて、建物の中を飛び回っているらしい。

「何を言っている？　コウモリぐらいで、いちいち騒ぐな！」

イスランは、入ってきた傭兵を怒鳴りつけた。

本当にコウモリだろうか？　濃厚な魔のモノの気配を感じる。

「違う。これは魔のモノだわ」

私は確信する。気配は小さいけれど間違いない。この建物がどこにあるのかわからないけれど、おそらくまだ帝都から出てはいないだろう。帝都に魔のモノが来るなんてありえないとは思う。しかし、侵攻とは違う気がする。侵攻だったら、この建物は、とうに吹っ飛んでいる。

「何を馬鹿な」

イスランが眉を吊り上げた。

その時、口笛の音がして、さらに扉の向こうが騒がしくなった。

「侵入者だ！」

叫び声がする。悲鳴と怒号、金属の交わる音が続く。

「何が起こっている？」

「様子を見てきます」

部屋にいた傭兵が外に出ようとした時、一匹のコウモリと一緒に抜剣した騎士が部屋に飛び込んできた。

「ソフィアさま！」

「将軍！」

グラウだった。革製の簡易な鎧。抜身の剣を手にしていた。扉の向こうはよく見えないが、剣戟《けんげき》の音がしている。

グラウは、目の前に立っていた傭兵の腕を剣で強打し、そのまま相手の腕をとって、部屋にもう一人いた傭兵めがけて、投げ飛ばした。

突然、仲間が目の前に降ってきて、もう一人の傭兵はそのまま下敷きになる。

致命傷には見えないが、二人とも完全に頭を打ったようだ。すぐに動けそうではない。どうやら、他のイスランの配下はグラウの部下と交戦しているのだろう。

圧倒的に、形勢はグラウの方にある――そう思った、その時。私の首に白刃があてられた。

「動くな。聖女がどうなっても良いのか？」

イスランの声が部屋中に響く。

グラウは、私に駆け寄ろうとしていた足を止めた。

刃の冷たさを感じる。

イスランは本気だ。ただ、私は人質だ。殺してしまっては意味のないことを忘れたわけではないだろう。

でも。殺されないからと言って、危害を加えないわけでもないのだ。

背中に汗が流れる。

「勇猛果敢なグラウ・レゼルト将軍がおいでとは」

イスランは、にやりと笑う。劣勢の状態を今からでも逆転できると信じているようだ。

「名前を憶えていただいているとは恐縮ですな。イスラン王子」

グラウは冷ややかに答えた。

「あなたがここに来たということは、宮殿の警備はがら空きなのではありませんか？　なんとまあ、不用心なことですな」

意味深長にイスランが話を始めるが、グラウは無表情だ。

「何をおっしゃりたいので？」

言葉だけは丁寧である。が、グラウは、鋭い目で私を見ていた。イスランの隙を窺っているのだ。

「思ったより迅速な行動、驚きましたが、国を守る将軍閣下が、このようなところで油を売っているのはどうなのでしょうか？」

「ほう。タジール人のあなたにご心配いただけるとはね。まるで何かが起こることを知っていらっしゃるようですな？　イスラン王子」

にやり、とグラウが笑う。イスランは何を言っているのだろう。

グラウは、じっとタイミングを待っているようだ。大気が緊張に満ちている。

その時、コウモリが、イスランの顔をめがけて飛んだ。

「なっ、くそっ！」

イスランが思わず声を上げ、手でコウモリを振り払おうとする。

グラウはその隙を見逃さなかった。

イスランの懐に飛び込んで、刃を持った腕をとり、そのまま投げ飛ばした。もっとも投げ技はそれほど綺麗に決まらず、ダメージを与えはしなかったようだ。だが、私から刃は遠ざかった。

「タジールの皇子を、投げ飛ばして、ただで済むと思うのか？」

膝をつきながら、イスランは悪態をつく。

「さあて。我が国の聖女、皇帝の妹君に刃を向けて、ただで済むとお思いですか？」

グラウは私を後ろにかばいながら、剣先をイスランに向けた。

イスランはゆるゆると立ち上がりながら、剣を構える。

「いくら最高剣士と呼ばれようとも、たいした体術は使えないとお見受けしましたが？　もう、ジ

ジイのくせに、格好つけるのは見苦しいですよ」

たぶん。イスランはグラウの先ほどの攻撃がなぜ中途半端だったのかを理解していない。私の安全を最優先した攻撃だったからこそ、ダメージが入らなかっただけだ。

彼は、ステップを踏むように突進する。

「私がジジイなら、王子は赤子ですな。おおかた、腰ぎんちゃくにおだてられて強くなった気がしていたのでしょうけど」

グラウは向けられた剣を軽々と払いのけ、イスランの太ももを切った。

「くわっ」

イスランは痛みで床に転がる。

「精進が足りませんな」

グラウは冷たく言い放った。

それが合図となった。部屋に兵たちがなだれ込んできて、イスランは身体を拘束される。終わってみれば、あっけない幕切れだ。

「な、何をする！」

「すぐに殺されないだけ、ありがたいと思ってください。ソフィアさまをこのような目に遭わせた事は、万死に値する」

冷ややかな目で、グラウが言い放つ。こんな冷徹なグラウは見たことがない。

「貴様っ」

「もっと抵抗していただいても構わないですよ。それを理由に私はあなたを切ることができる。それならば、陛下もお許しになると思いますから」

グラウは冷笑する。

「……笑っていられるのも、今のうちだ。僕はタジールの王子だ。すぐにお前は僕に許しを請わねばならなくなるぞ」

「さて。聖女が我らの保護のもとにあるこの状況で。クーデターの成否であなたの処分が変わるとお思いか？」

「何？」

イスランの顔が青ざめる。

「そもそも陛下を暗殺しようとするような輩に、我らが従うとお思いで？　まずは、あなたを血祭りにあげ、それをのろしに、あなたから借りた借り物の兵たちを殲滅《せんめつ》してみせますよ」

グラウの眼光がイスランを射る。

「何て、野蛮な」

イスランはガタガタ震えながらも、グラウを睨みつけた。

「野蛮で結構。ただし、あなたは今、その野蛮人に生殺与奪の権利を握られていることをお忘れなく。無駄口は、命を縮めることになりかねませんよ」

冷ややかに言い放って、連れて行け、と兵に合図をする。

イスランは引きずられるように、連行されていった。

部屋には、私とグラウだけが残る。

「大丈夫ですか？」

グラウは私の縛《いまし》めを丁寧に解き始めた。

先ほどまでとは違う、優しい口調だ。やわらかな眼差しに見つめられて、胸が熱くなる。

「平気です」

多少あちこちは痛むけれど、大きな傷はなさそうだ。

「軍の施設内で、あなたをさらわれるなんて。本当に申し訳ない」

グラウは、頭を下げる。

「いいえ」

私は首をふって微笑む。油断した私が悪いのだ。

グラウが陣頭に立って助けに来てくれたことが、何より嬉しい。

「もともとデソンド公爵家に変な動きがあって見張りはつけていたのですが、まさか白昼堂々と行動を起こすとは思っておらず、油断いたしました」

グラウは、肩をすくめた。

「クーデターって？」

「デソンド公爵家は、兵をイスラン王子から借りて、玉座を手に入れようとしているようです」

「え？」

私は驚きを禁じ得ない。

デソンド公爵家は、名家中の名家だ。

「ご心配には及びません。準備はこちらもしておりました。それに陛下は簡単にやられるようなお方ではありませんから」

「そうね」

兄は私と違って、政争の中で生きてきた。そう簡単に後れを取るひとではない。

「それにしても、不思議なのは、そこのコウモリです」

グラウは、天井にぶらさがったコウモリに目をやった。

コウモリが得意げにキキッと声をあげる。

「デソンド家から出てきた荷馬車が入ったというこの神殿に、上空にやたらとコウモリがおりまして。ソフィアさまの悲鳴が聞こえたと同時にコウモリが突然、こちらに突入しました。そして、こいつは、ここまで私をどうやら案内してくれたように思えます」

「不思議な話ね」

私はコウモリを見つめる。コウモリであって、コウモリでない気配がする。

「あなた、魔のモノよね。私に会いに来てくれたの？」

キーとコウモリが小さく答えた。

まるで返事をしたようだ。

「魔のモノ？」

グラウが不思議そうにコウモリを見る。

もちろん、森の魔のモノは、こんな形はしていない。異形であり、どこが目か、鼻かも理解できない存在だ。それらは見た目からも恐怖を与える姿をしていて、このような見慣れた生物とは違う。

「たぶん、独演会《リサイタル》を見に来てくれたのよ。帝都にいてもおかしくない生き物の形を借りて」

「まさか、そんな」

「だから、私の呪歌に反応してきてくれたのだわ。不思議だけど」

荒唐無稽な話だけれど、私には真実に思えた。私の呪歌に反応して、ここに集まってきて、私を助けに来てくれた。間違いない。

「独演会《リサイタル》の観客は、あなたたちが主役じゃない。私は、今まで塔で私を守ってくれてきた人たちのために歌うの。それでもよければ、天井で聞いてくれてもいいわ」

コウモリはキキッと頷くように鳴くと、部屋から飛び立っていった。

明らかに、私の話を理解したように見える。

「まさか、魔のモノが帝都まで追いかけてくるとは」

にわかには信じがたいようで、グラウが首を傾げている。

「そうね。噓みたいよね」

ようやく自由になった私は、衣類の乱れを直す。そして、手足をゆっくり動かしてみた。問題なく動きそうだ。ちょっとまだ痛いけれど。

「お怪我はありませんか？」

「ないわ。ちょっと痕がついただけ」

頷き、立ち上がろうとしたところを、グラウに抱き上げられた。

「え？」

二度目のお姫様抱っこ。えっと。今日の私は、歩けますよ。たぶん。

「ご無理はいけません」

「あの、でも？」

「ご不快ですか？」

グラウに問われて、顔が熱くなる。

嫌ではない。嫌ではなく、むしろ嬉しい。

「私がこうしたいだけなのです。させてください」

グラウの目に私の姿が映る。ずっと、私だけを映してほしい。そんなふうに思った。

◇◇◇グラウ・レゼルト視点◇◇◇

参謀長であるブルガが持ってきた報告は、憂慮すべきものであった。

今日は試演会《リハーサル》が行われるということで、かなり騒がしい。外部の人間に聞かれると厄介なので、昼間だが執務室の窓は締め切っている。魔道灯を灯しているが、なんとなく陰鬱な気がするのは明るさだけの問題ではないだろう。

ソフィアの護衛をさせているロゼッタが捕らえたマリアンヌという侍女と庭師は、出自や経歴を詐称して入り込んでいた。

それも精巧な身分証明書を偽造して。裏で手を引いている者が必ずいる。だが、二人ともまだ口を割らず、糸口はつかめていない。しかし――。

「おそらくデソンド公爵家だろう」

私はため息をつく。

「まさか……という気がいたしますが」

ブルガが、眉根を寄せる。

「ここまでやってのけるのには、相当な財力がいる。報告によれば、デソンド公爵家は最近、かなりひとの出入りが激しい。公爵家でないとすれば、それはそれで脅威だな」

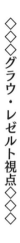

私は書類の束を指ではじいた。

「しかし、まだ、決定的な証拠がない。さすがに、状況証拠だけでは、どうにもならん」

「陛下はなんと？」

「いつでも、軍を動かせるようにしておけとは言われておる」

さすがに兵を出さなければいけないような事態にはならないだろうが、油断は禁物である。

「レナリアさまの件もある。油断はできん」

ソフィアの母親、レナリアは外出した時に乗っていた馬車の車軸がゆるみ横転し、亡くなった。

かなり作為的な様子があったものの、結局は事故死と処理された。

証拠は見つからなかったが、メアリー妃の実家であるデソンド公爵家の関与が噂された。

「レナリアさまに殺意を抱かれるのは、一応、わからなくもないのですがね」

ブルガは肩をすくめた。

先の皇帝アルクは、若くして即位したために、叔父であるロバート・デソンド公爵に実権を握られていた。さらに、アルクの妻、メアリーはロバートの娘で、ロバート公の力はゆるぎないものであった。政務は公爵家の意向で行われ、ロバートは隣国タジールとつながりを持ち、私腹を肥やし続けた。

アルク帝と歌姫レナリアとの恋は、皇帝の公爵家へのささやかな反抗の第一歩だったかもしれない。

そのころから、皇帝はじわじわと実権を奪還し、公爵家の力をゆっくりとそぎ始めた。

レナリアが事故にあったのは、水面下でそんな権力闘争が行われていた時だ。当時のロバート公爵は、なにかをやりかねないところがあった。真相ははっきりしていないが。

しかし、レナリアの事故死から二年ほどで、ロバートは病死した。

ロバートの跡を継いだ息子のゲオルグは、ロバートほど野心家ではなく、デソンド公爵家は権力の中心から一歩退き、安定の道を選択した。

だが、そのゲオルグも七年ほど前に亡くなった。現在の当主は、入り婿のジムザ。商才にたけ、隣国とのつながりが深いという話だ。

「なんにせよ、陛下も実の母の実家に刃は向けたくないとお考えだ。ここで退いていただければ、ありがたいのだが」

「そうですね」

ブルガが頷く。

その時、廊下をバタバタと走ってくる足音がした。

「将軍！」

ノックもなしに、いきなり扉が開いた。

ザナだ。肩で呼吸をしている。顔面は蒼白だ。

「聖女さまが……ソフィアさまが、どこにもいらっしゃいません！」

「何⁉」

私とブルガが、異口同音に叫ぶ。

「しまった」

私は唇を嚙む。

完全に油断だった。ここなら安全だという思い込みがあった。『境界の塔』でソフィアが安全だったのは、軍に守られていたからではない。『聖女』だったからだ。『聖女』に手出しすることは、国家の安全にかかわる。ゆえに『聖女』であるということは、どんな護衛をつけるよりも安全であった。今のソフィアは、『聖女』ではない。そのあたり、認識が甘かったと言わざるを得ない。

「参謀長、門番に、本日訪れた人間のリストを出させてくれ。ザナ、将校をここへ呼び集めろ。急げ」

「はい」

二人が弾かれたように部屋を飛び出していく。

唇を強く嚙みすぎたのだろう。口内に血の味が広がる。

誰に命じられたからでもなく、ソフィアを護るためだけに、生きてきた人生だ。

「落ち着け、グラウ」

私は自分の頰を叩き、その痛みに意識を向ける。激情に駆られて見失ってはいけない。自分を、ましてや部下を責めたところで、何の解決にもならないのだから。

大切なのは、一刻も早くソフィアを救い出すことだ。

手を差し伸べることすらできなかった少年のころとは違う。まして、自分がやらなければ、誰がやるというのだ。

後悔している暇はどこにもないのだから。

普通に考えて、ソフィアを連れ去った犯人は、間違いなく堂々と正門から出て行ったと思われる。念のため敷地内を調べる必要もあるが、他の方法では人ひとりを連れ出すのはかえって難しいだろう。

理由は何なのだろう。ソフィアを人質にして、身代金を得る、もしくは皇帝を恐喝する？

いや。知名度、名声を考えれば、ある程度の身代金は取れるだろうが、果たして金だけを目当てに、これだけのことをしでかすだろうか。

しかし冷静に考えると、既に聖女ではないソフィアを人質に、何か政治的な要求をするのはあり得ないように思える。皇帝は情に厚い人物ではあるが、脆《もろ》くはない。いざとなれば、冷徹な判断を下す、そんな非情さをも持っている。理不尽な要求を通すことはないだろう。

冷たいようだが、それは為政者として大切な資質でもある。

「わかりました！」

飛ぶように、ブルガが戻ってきた。思った以上の結果が得られたという表情だ。

「本日は非常に出入りが多い。それゆえにかえって、正門から出入りしなければ怪しまれます。まず間違いないでしょう」

自信たっぷりにブルガがリストを差し出す。

「ふむ」

受け取ったリストによれば、ソフィアを連れ出し可能な時間帯に出て行った馬車は、五台。うち、二台は、デソンド公爵家のものだ。荷馬車が一台、二頭立ての箱馬車が一台と記録にある。

「真っ黒ですな」

ブルガが口を歪めてみせる。

「デソンド家には、見張りをつけてあったはずだな」

「はい。今、伝令を走らせております」

「行動が早いな」

つい、笑みが漏れた。ブルガも私と同じような貧乏騎士から、実力で参謀長までのしあがった男だ。動機もほぼ同じである。

「わざわざエイミー公爵夫人がお出でになったようです」

「公爵夫人は、聖女候補に名前が挙がったこともある。当然、ソフィアさまと旧知の仲であろう」

ソフィアは、決して不用心ではないが、知っている人間から直接危害を加えられるとは思っていなかったと思われる。

デソンド公爵家の政治への影響力はかなり小さくなったとはいえ、財力は依然大きい。やろうと思えば、なんだってできる。

「と、なると。簡単に証拠は残していないだろうな」

「おそらくは。ただ、公爵家とはいえ、以前ほど豊潤な資金を持っているわけではありません。軍は全て陛下が掌握しておられますから、動かせる私兵もたかが知れております。尻尾は必ず、つかみますよ」

「そうだな」

私は頷く。手持ちの兵でなく、寄せ集めの兵だとすれば、当然質も落ちる。足はつきやすい。

ただ、質が落ちれば、ソフィアの扱いも不安だ。

それにしても、なぜソフィアをさらったのか。公爵夫人であるエイミーは、聖女候補であり、さらに皇帝の花嫁候補にも挙がったこともある。ディア皇妃をソフィアが皇帝に紹介したせいで皇妃の座を逃したことで、個人的にソフィアに恨みがあった可能性もあるが、だからといって、ここまでする必要があるとは思えない。

「まさか、公爵夫人自ら、加担するとはな」

「我らも舐められたものです」

ブルガの目が鋭く光る。

「陛下がなんと言おうと、もはや我らは、容赦することはないでしょう。軍を敵に回したも同然ですからな」

「その通りだ」

聖女は、最前線に立ち、兵たちを護ってきたのだ。

だからこそ、兵たちの聖女への忠誠は絶対だ。

「申し上げます！　デソンド公爵家を張っていた兵からの連絡です。軍から戻ったと思われる馬車は、公爵家に入りました。その後、紋章をつけていない荷馬車が入れ替わりに出て行ったとのことです」

廊下を転がるように走ってきた兵士が告げる。

間違いない。さらったソフィアをそのまま公爵家にとどめておくような、危険なことはしないだろう。

「よし。手分けして荷馬車を探せ」

急ぐ必要はあるが、焦ってはダメだ。何より、ソフィアを無事に救い出さなければ何の意味もない。

私は、帝都の地図を広げた。

帝都にいる全軍を動員して、荷馬車の行方を追った。

むろん、陛下へ報告はしたが、命令を待っているつもりは毛頭ない。ソフィアが無事であれば、それで良い。私の裁量権でやるには、やや法的に問題はあるかもしれない。それに関しては、全てが終わった後で、私が全責任を負って処分を受ければ済む。実刑を受けても構わない。ためらいは全くなかった。

人海戦術が功を奏し、荷馬車は、町はずれの神殿の跡地に入って行ったことをつかんだ。

神殿はかなり前に移築されて、現在は廃墟になっている。

昨今は無頼の輩が出入りすることもあって、近隣の者も近づかない場所だ。

それにしても、公爵家がソフィアを人質にして、何を要求するというのだろう。私兵がいるとはいえ、軍に対抗できるだけの武力を持っているとは到底思えない。

もちろん、ソフィアを盾にされれば、軍は動きにくい。しかし、一時的に身代金をとったところで、どうなるのだ。軍はソフィアが意に反して囚われているのであれば、最終的に公爵に刃を向けることをためらいはしないし、皇帝も公爵を許しはしないだろう。

「集められるだけ兵を集め、包囲いたしますか？」

「……それはまずいな。刺激してソフィアさまに何かあっては困るし、ソフィアさまが最終的な狙いではないかもしれない」

もちろん、逃げられぬように包囲はすべきだが、相手に気取られるようなことがあってはダメだ。

「ソフィアさまが狙いでないとすると？」

「陛下だ。間違いない」

「しかし、たとえ陛下を暗殺したところで、諸大臣たちは、公爵に従うでしょうか？　ロバート公が生きておられれば、話は別でしょうけど。もちろん、公爵は皇位継承者でありますけれど、陛下だけ殺しても、まだ玉座に遠い。上位継承者すべてを一度に殺すのは難しい。それに公爵家の私兵だけで、宮殿を制圧することは不可能です」

「公爵家はもともと隣国タジールとつながりが深い。兵を借りることは可能かもしれない」

私は顎に手を当て、考えを巡らせる。

「ソフィアさまが人質であれば軍は介入しにくい。そして、皇位にさえついてしまったら、誰であろうと、法律上我らは従わざる得ない」

「それは……そうですね」

軍にとって、皇帝が絶対である。法律上、皇位を宣言してしまえば、軍は新しい皇帝に従うことになる。もっとも、兵士も人間であるから、必ずしも従うとは限らないが。

「私がタジールの人間であれば、クーデター失敗の時の保険も兼ねて、聖女の身柄を要求するかもしれない」

「それは……あり得ますな」

ブルガが同意する。

「聖女救出には俺が行く。残りの兵は宮殿の警備に回せ」

「しかし、兵を連れてどうやって宮殿にはいるつもりでしょう？」

私は顎に手を当てる。不意に、ソフィアの話を思い出した。

「水運用の通用口……」

「え？」

「デソンド公爵家なら、当然、宮殿の出入り口に精通していて、通行手形も用意しやすいだろう。水運の通用口は、警備が少ない。入り込むなら、そこかもしれない」

もちろん、水運用の通用口は、通常昼間しか開いていない。だが、通行手形があれば、簡単に警備の兵は開けるかもしれない。

「なるほど。ちょっとした盲点ですな」

ブルガは小さく頷いた。

「聖女をさらったことで、公爵家はもはや後戻りが出来ない。手っ取り早く、宮殿を制圧にかかるだろう」

段階を踏み、合法的に権力を手に入れるという手間をかける気はないだろう。

「すべての門、通用口、そして陛下の近辺の警護を厳重にしろ。陛下の指示を仰ぎつつ、参謀長が指揮を執れ」

「私が指揮を？」

ブルガが、渋い顔をする。確かに、指揮を執るのは私であるべきかもしれない。私が救出に突入するというのは、あまり褒められた行為ではない。とはいえ。

「陛下の指示を待たずに行動するのだ。あくまで私の独断専行でやること。そのほうが責任の所在がはっきりする。それに、戦わずに圧をかけるなら、参謀長の方がうまくやれるだろう？」

頭脳戦ならば、ブルガの方が上だ。

「確かに、実戦であなたの右に出るものはおりませんからな。ただ、素直に待っているのは耐えられないと、はっきりおっしゃればいいのに」

にやりとブルガが口の端をあげる。

「わかっているなら、いちいち指摘せんでもよい」

「聖女に何かあったら、ただじゃおきませんよ」

ブルガの目が真っすぐに私を見る。

「絶対に救い出してくださいね。私だっていつも裏方が好きなわけではないのですから」

「承知している」

私は頷く。

事態は一刻を争う。迷っている暇はない。

私は、精鋭を三十騎ほど集め、神殿の跡地へと向かった。

防具は全員、皮の鎧まで。金属鎧は隠密性に欠けることがあるからだ。

太陽が傾き始める。のどかな田園風景の向こうにこんもりとした林が現れた。神殿の跡地はその林の奥にあるらしい。

騎兵の影が長く伸びて、世界が赤色に変わっていく。

「あれはなんでしょう？」

兵のひとりが声を上げた。神殿のある方角の空に、多くの黒い影が飛んでいる。

「鳥か？」

「いや、コウモリのようですね」

もちろんコウモリが飛ぶこと自体は珍しくない。黄昏時は彼等が活動を始める時間だ。

「ん？　全員、止まれ」

私は馬を走らせるのをやめ、耳をすます。

木々を渡っていく風の音の中に、かすかに『歌』が聞こえる。

多少聞き取りにくいが、間違いない。ソフィアの声だ。

廃墟に近づくにつれて、声ははっきりと大きくなる。私は馬を下り、徒歩で接近することにした。

「将軍」

「カナック」

先に到着して廃墟を見張っていた騎士隊長が私の姿を見つけて、手招きをした。

神殿を囲っていたと思われる石塀は崩れかけ、周囲には丈の長い草が生い茂ってほぼ埋もれていた。庭も、門扉も手入れなどされておらず、ただ朽ちていくのにまかせているといった感じだ。

石造りの建物は、かなり広い。壁際には蔦《つた》が張り、屋根や窓もかなり傷んでいるようだ。とてもひとが住んでいるようには見えない。ただ、庭の隅にある井戸の周囲だけは、丈の低い草だけになっていて、ややひとが出入りしているような気配が見えた。

「様子はどうだ?」

「間違いないようですね」

カナックは頷いた。

「玄関に見張りがいます。中に何人いるかわかりませんが、傭兵と思われます」

藪《やぶ》に身をひそめながら、私は中の様子に目を向ける。

玄関といっても、扉の蝶番が壊れているのか、半分開いたままだ。

カナックが傭兵、と称したのは、持っている剣が我が国で主流の片手用の剣ではなく、傭兵に人気の大きな両手剣を背負っているからだろう。男は、ぼんやりとした顔で外を眺めている。

庭の木には馬がつながれていて、伸び放題の草を食んでいる。そして玄関わきに、荷馬車の荷台が置かれていた。

やがてソフィアの歌が途絶えた。聞こえるのは生い茂った草の葉がゆれる音だけだ。

建物は石造りで、窓はすべて閉まっていて、中の様子はわからない。

「合図をするまで、待て」

私はカナックに命じて置いて、ぎりぎりまで遮蔽をとりながら接近を始める。

その時。どういうことなのだろう。

バタバタと上空を飛んでいたはずのコウモリが見張りの近くの雨どいにぶら下がり始めた。かなりの数だ。

「な、なんだ？」

見張りは、突然やってきたコウモリに意識をむけた。

私は一気に走り寄って、男との距離を詰める。

「誰」

言葉を言い終える前に、脇腹を剣の峰で強打する。

「ぐっ」

男がうめき声をあげ、腰を折った。すかさず、首に手刀を入れ、そのまま昏倒させる。

やや大きな音を立てたが、壊れた扉の向こうから人が出てくる気配はない。私は手招きをして部下を呼び、自分は建物の中へと足を踏み込んだ。

明かりは壊れた窓から入ってくる光のみで、全体に薄暗い。

入ってすぐは、礼拝堂になっていて、作り付けの木製の椅子が並んでいた。

窓が壊れているせいか、雨風が吹き込むのだろう。かなり落ち葉や土が溜まっており、ややジメジメしていた。人影はない。奥から物音がしている。

私は足音を忍ばせ、そちらへと向かう。どうやら、礼拝堂の奥に作られている居住空間の方にいるようだ。

もともと、かなりの多くの神官が住んでいたのであろう。小さく区切られた部屋がいくつもあるようだった。もっとも、扉のほとんどは壊れており、家具は作り付けのもの以外はなにもない。

人の声がしてきたのは、かなり奥の部屋だった。おそらくは食堂だろう。数十名の人間がそこに集まっている。やや広いその部屋で、ある者は、飯を食い、ある者は武具の手入れをしている。

おそらく、ここが一番、広い部屋なのだろう。家具は何もない。灯りは壁際にランプがいくつか置かれていた。

耳を澄ますと、隣国のタジール語が聞こえてくる。間違いない。公爵家はタジールから兵を借りて事をおこしている。

タジールが噛んでいるとなれば、ソフィアはクーデターが失敗に終わった時の交渉の切り札としての保険かもしれない。クーデターが成功した場合でも、軍部に対しての牽制材料にもなる。

聖女が軍に圧倒的に支持されていることを最大限に利用するつもりだ。

食堂の中に、ソフィアはいないようだ。

この奥だろうか。それとも別の場所だろうか。踏み込むべきかどうか迷っていたその時。

「嫌よ！　触らないで！」

ソフィアの声が響き渡った。

同時に、バサバサという音と共に、コウモリの群れが私の横を通り抜け、部屋へ飛び込んできた。

「な、なんだ！」

兵たちが驚きの声をあげる。

そのうちの一匹のコウモリが私の肩にとまり、小さく鳴き声を立てた。

「どういうことだ？」

コウモリは私の肩から離れると、案内するように奥へと飛んでいく。

「ついてこいと言っているのか？」

一瞬、こちらを窺うように旋回して、奥へ向かう。

コウモリの突然の来襲に傭兵たちは慌てふためいている。突入するなら今だ。

私は合図の口笛を吹いた。

◇◇◇　　◇◇◇

結論から言えば、クーデターは未遂に終わったらしい。

通常の門の場合、荷物の改めがあるのだが、水運は手形があれば簡単に宮殿に荷をあげられる。

そこをついて、私の引退祝いの贈り物と称して中に入り込もうとしたとのことだ。

夕刻、監視の目がやや手薄になるところを狙ったようだ。

聞いたところによれば、グラウがそこの警備を強化したのは、昔、街に抜け出すのに使っていたと私から聞いたかららしい。

そう考えると、私のお転婆もまんざら無駄ではなかったということかもしれない。

昨日の今日だから、事件の詳細や背景は、まだよくわかっていない。独演会《リサイタル》の延期も提案されたけれど、準備や楽師の日程などのすり合わせもかんがみて、決行されることになった。

延期するとしたら、たぶんひと月以上先になってしまいそうだったから、さすがに私としても、いつまでも区切りがつかない感じになってしまうし、兄いわく、事件を未然に防いだ軍部に早急に報いないといけないということだそうだ。

そして。人が来ないかもと思っていたのに、蓋を開けてみたら、たくさんのひとが押し寄せた。

私は新しい法衣を身にまとい、魔石のイヤリングをつける。

実際、これだけのひとが押し寄せると、延期なんてしたらかなりの混乱が起こるところだったと思う。

結局、立ち見はもちろん、講堂の外にまで席が作られることになった。呪歌はかなり遠くまで届くので、防魔処置をしなければ、場外でも聞くことは可能ということだそうだ。千人を超えるとは、本当に驚きで、震える。

ちなみに、場外には、記念グッズなるものを売る店まで出ているらしい。何を売っているのか知らないのだけれど、誰がそんなことまで手配したのだろう。というか、売れるのかな？

「まさかこんなにたくさんのひとが来てくれるなんて」

「当然です。というか、本日当直の警備兵などから、クレームが来ているくらいです。来たくてもこられなかった人間は、まだまだおりますよ」

舞台の袖から、私は観客の入りを確認して震えた。

もう安全は確保されたはずだけれど、今日はグラウが朝からずっと私に張り付いて警備している。

「本当に、見に来たのですね」

「そうね」

グラウは天井を見て呟いた。そこには、たくさんのコウモリがひっそりとぶらさがっていた。彼等は本当に、私の歌を聞きに来てくれたらしい。不思議だ。

軍部だけという話であったが、兄と甥と姪、そしてネイマールも最前列に座っていた。

グラウは舞台のそでで、ずっと見ていてくれるらしい。

最初は、観客が来なかったら、身内だけかなと思っていたのに。

考えられないほどの盛況な入り。

私は、引継ぎの儀式《ステージ》と同じく、五曲歌う。曲目は楽団の選曲で、帝都でも人気のナンバーとなった。

そのこともあったのだろう。会場は揺れんばかりの熱気に包まれ、私は今までもらったことのない、歓声につつまれた。胸が熱くなる。かってないほどの高揚感。

二十二年、恋を封じて、己を律してきた。

そんな日々を積み重ねた聖女であったからこその、幸せを全身に感じる。

このあと、どうなるのかはわからない。でも、『今』は誰よりも幸せだ。

脇に目をやると、グラウの姿が見える。そう。私はいつも彼に守られてきた。彼とともに過ごした思い出が脳裏に浮かぶ。

間違いなく、私は幸福だ。

「ソフィアさま、アンコールを」

アリスが涙を流しながら、私を促す。鳴りやまない拍手と歓声におされ、私は力を振り絞って、新しく作った歌を歌う。

新しく作った曲名は『帝都カルカ』。

美しくて、エネルギッシュで、賑やかな街。私が守ってきたたくさんの夢。カルカの人々の笑顔は私の誇りだ。

グラウとともに歩いた街並み。美味しいご飯。そして、黄金色に包まれた奇跡の時間。

「二十二年、務め上げられたのは、みなさまのおかげです。本当に、ありがとうございました！」

あふれる思いを感謝の言葉でしめくくる。

聖女である『時』を燃やし尽くした、と思った。

独演会《リサイタル》を終えた私は、簡単に言えば、燃え尽きていた。

何をするにも気だるくて、ため息をつくようなありさま。正確には、単純に体力が回復するのに時間がかかっているだけかもしれない。うん。年はとりたくないものだ。

本当はしばらく寝て過ごしたいのだが、今日は、兄との約束の慰労パーティがある。慰労というなら、そっとしておいて欲しい気もするけど、そういうわけにもいかないのだろう。

今日のドレスは、白で裾に銀糸の刺繍をほどこしたもの。年齢にあわせた落ち着いたデザインだ。イヤリングは、この前の兄のプレゼントをつける。

よく考えたら、パーティなんて、聖女になる前に行ったきりだ。兄の即位式のあとのパーティは、結局、出席せずに塔にトンボ返りしたし。

念入りに化粧をほどこすと、私は話があると呼ばれて、ロゼッタに案内されて、兄の執務室へと向かう。

パーティは夕方からなのだが、その前に顔を出して欲しいらしい。

兄やネイマールの話から察するに、今日から私は『聖女』ではない。とっくに『聖女』としての本来の職務は引退したのだから、変な理屈ではあるけれど。

新しい聖女であるリイナはうまくやっているようだ。魔のモノが帝都までやってきたことは驚きだけど、別段、彼女に不満があって、とのことではないと思われる。

本当に良かった。

ただ、さすがに、私みたいに二十年以上も聖女を続けるのは、彼女が「そうしたい」と思う場合だけにしてあげてほしい。選べない人生で幸せを見つけるのは、難しいから。

「ソフィアさまをお連れしました」

「入れ」

ロゼッタが扉を開き、私は一礼をして、部屋に入る。

皇帝の執務室は、壁面に歴代の皇帝の似姿が飾られていて、ちょっと落ち着かない。

広い部屋の中央に置かれた机は、一人で使うにはかなり大きいものだ。

「きたか」

ふうっと、机の向こうでため息をつく兄。

そのわきに、軍の正装を着たグラウが立っていた。

「先日の事件の件だが」

兄が口を開いた。

なるほど。その話か。確かに、慰労パーティの会場で話すことではなさそうだ。

「タジールのイスラン王子は、タジール王に身柄を引き渡すことになった」

「そうですか」

「事情を聞いた王は、我が国への内政干渉をした王子を厳重処分するとのことだ」

兄は大きくため息をついた。

「タジールは、魔晶石が全く採れないから、うちからの輸入に頼っている。我が国の機嫌を損ねたくはないだろう。王子の動機もそのあたりにありそうだが」

きな臭い話だ。魔晶石は、境界の森で採れる希少鉱石である。魔力のない人間でも、魔道具を使えるようにする魔石の原料とするものだ。

だからこそ、聖女は『境界の塔』で歌い続けている。

「魔晶石を手に入れるのに、よりによって聖女に害をなすとは、とんでもない輩です」

グラウが脇から口をはさむ。

「聞いたところによれば、イスラン王子はタジールでも、かなり問題児のようだな」

どう見てもひとが良いとは思えぬ笑みを、兄は口元に浮かべている。

おだやかなようでも、今回のことにかなり怒っているのだろう。

「それからデソンド公爵と夫人は、領地を召し上げて、国外追放が決まった」

「……随分と厳しい処分ですね」

デソンド公爵家は、なんといってもメアリー皇太后の実家だ。ほぼ、未遂に終わったといえる事件だから、もう少しマイルドにおさめるかと思っていた。

「馬鹿を言え。軽すぎるくらいだ。国外追放にしたのは、温情なんだぞ」

兄は口の端をあげた。

「クーデターこそ未遂だったが、皇帝の妹にして、この国を長年守り続けてきた『聖女』を拘束し、他国に売り渡したのだ。この国にいては、誰に刺されても文句はいえぬ」

「それは、さすがにないのでは？」

いくらなんでも、そこまでするひとはいないと思うのだけれど。

「いいえ。私刑に処したいと思う人間は多いと思います。少なくとも、私は理性で抑えられる気がいたしません」

グラウが物騒なことを言う。

「でも、私は無事だったわけですし」

「それとこれとは話は別です」

ぴしゃりと言い切るグラウ。目が笑ってない。

「もっとも、もともとの責任は私にあります。軍の施設ということで、油断がありました。いかなる処罰も覚悟しております」

「油断したのは私よ？　将軍は悪くないわ」

私は慌てた。グラウは私を助けてくれたのだ。処罰なんてされたら、絶対におかしい。

「いや。処罰するなら、俺の命令を待たずに軍を動かしたことの方だな」

ふうっと、兄はため息をついた。

「もっとも、将軍には裁量権も指揮権も与えている。今回のクーデターを未然に防げたのは、迅速な行動があったからこそだ。責めるつもりはない」

「恐れ入ります」

グラウが首を垂れた。

「それにしても、なぜ、クーデターなんか……」

「ああ、それな」

兄は眉間に指をあてた。

「エイミーは、俺の嫁の候補者だったことがある。もう二十年も前のことだ。あくまで母が勝手に希望していただけだったのだが、彼女は俺に裏切られたと憎んでいたようだ」

兄は、エイミーをただの『従妹』としか見ていなかった。母親が、彼女との結婚を希望していたのは知っていたが、彼女自身がそれを欲しているとは思っていなかった。

「ただ彼女は、俺に興味があったわけではないと思う。皇妃になりたかっただけなのだろう。そのあと婿をとって、子まで得た。俺のことが直接の原因ではない」

もちろん、遠因にはなっているのかもしれない。

「入り婿の公爵が商売で損を出したことをきっかけに、夫人は投資に手を出したそうです。しかし、それが完全に失敗し、さらに経済的に苦しくなったとか」

グラウが肩をすくめる。

「追い詰められた公爵家は、イスラン王子の甘言に乗せられた。まあ、そんなところだな」

「それは……」

ずいぶんと迂闊な話といえばそうなのだが、名家だからこそのプライドが邪魔をして、傾き始めたものを、立て直すことが難しかったのかもしれない。

「そういえば、皇太后さまはなんと？」

さすがに実家が事実上、取り潰されたのだ。もちろん、クーデターの首謀者であるから、皇太后としても庇いようがないとは思う。

「母は、実家とはかなり前に手を切っている」

兄は肩をすくめた。

「公爵家から金を無心されたことがあってな。まとまった金を渡す代わりに縁を切ったらしい」

「先ほどの商売がらみですか？」

「まあ、そうだろうな」

皇太后は、自身の財産で済むうちはともかく、いずれ国家に迷惑がかかる危険を感じて、実家と縁を切ったらしい。

「それに母のことも、今回の事件のきっかけにはなっているだろうな」

どういうことだろう。

「お前が今まで帝都に戻れなかったのは、聖女になる前、母のお前への嫌がらせがひどかったからだというのはわかるな？」

「ええ。なんとなく」

もちろん、嬉しくはなかったけれど、気持ちは理解できる。理解できるから、許せるかというのは、また別の話だけれど。

「お前の母親は事故で死んだ。父はずっと義理の父である、ロバート公の関与を疑っていた。証拠はなかったけれどな。だからこそ、父はお前を護ることばかりを考えた。聖女ならば、絶対に誰も手出しはできん。ロバート公が亡くなった後も、父は、母がお前に何かすることを恐れていた。特に成長すればするほど、お前はレナリアどのと瓜二つだったらしいから」

兄は首を振った。

「そして父は、ロバート公の息子、ゲオルグ伯父も完全に信じることができなかった。今思えば、伯父は控えめで、争いごとを好まず、公爵家の安定を願っていただけの人だっただけに、完全な杞憂であったと思う。伯父ならば、たとえ母に依頼されても、そんな犯罪まがいなことはしなかったはずだ」

父は私を呼び戻そうと何度も掛け合う兄に対して、首を縦に振ることはなかった。

臣下に嫁して、皇族から除名すれば、命の危険の心配はなくなるのではないかという意見にすら、耳を貸さなかったらしい。

「実際のところ、母は長年ロバート公の操り人形だったらしい。公が亡くなってしばらくは、公の取り巻きが母の周りにいた。実際、お前が聖女になったころは、そういう危険もあったのかもしれない。母のご機嫌を取ろうとしたとりまきが勝手に暴走する可能性はゼロではなかった。ただ、母自身はそこまでの憎悪がお前本人にあったわけではない。少なくとも、憎悪を向けるのはいけないことだとは自覚していた。結局のところ、父の取り越し苦労だったように俺は思う」

ただし、あくまで息子の俺の希望的願望が入っている可能性はある、と、兄は付け足した。

でも。私もそう思う。

思い返してみれば、嫌がらせや無視をしたり、嫌みを言ったりしていたのは、メアリー妃本人であったことは少なかった。むしろ、皇妃の矜持を持って、寛大に接しようと葛藤されていたようにも思う。その奥の感情が透けて見えてしまっていたから、素直に受け取れなかったし、やっぱり苦しかったけれど。

「まあ、そんなこともあってだ。母上は、二十二年間、自分がソフィアの青春を奪い取ったことを反省して、お前に自分の財産の半分を分与すると言い出した」

「え？」

兄は机の中から、書類を取り出した。皇太后メアリーの署名の入った財産分与の書類だ。

何かの間違いじゃないだろうか。ちょっとさすがに信じられない。

「本当は、今日のパーティで大々的に発表して、お前を驚かすつもりだった。母上との引き合わせもしたかったしな。だが、母上のその気まぐれが、従妹どのを凶行に走らせる決定打になってしまったようだ」

エイミーにとって、皇太后は血のつながりのある存在だ。経済的に苦しい親族との縁を切っておいて、私に財産を譲るというのは、彼女にとって、相当なショックだったのかもしれない。

「俺への積年の恨み、ソフィアへの嫉妬、母への失望。そんなすべてが、凶行へと突き進む原因となった。そんなところに、イスラン王子が付け込んだ。そういうことだろう」

どこか他人ごとのように、兄は淡々と語る。

兄はなんだかんだいって、政治家なのだと思う。

「……ところで、陛下。そろそろ、申し上げてもよろしいのでしょうか？」

グラウが重々しく口を開く。

「ああ、そうか……」

ふうっと、兄はため息をついた。

「良い。許可する」

兄が頷くのを見て、グラウは私の前にひざまずいた。

「ソフィアさま」

やや緊張した声で私の名を呼び、グラウはまっすぐに私を見つめた。

「私の妻に、なっていただけませんか？」

「え？」

何を言われたのか、理解できなかった。

「長年、あなただけをみつめておりました。私は、貧乏騎士の出身で、あなたとは到底釣り合わぬ男でございます。それでも、あなたを諦めることができず、ここまで生きて参りました」

グラウの目が私をとらえている。胸が激しく高鳴った。

「でも、今まで、何も……」

「あたりまえだ。『聖女』に手を出したら、絶対に結婚は許さぬと誓わせたのだから」

兄が大きくため息をつく。

「お前の経歴を、スキャンダルで終わらせたくはなかった」

長く生真面目に務めてきたからこそ、誰からも祝福されてやめるべきだと兄は言う。

「聖女でなくても、皇族でなくとも。私の心は常にあなただけをみていた」

ああ。

『言ってはならない言葉を言いたくなってしまいます』

私に価値がないと思った時。グラウが私に言った言葉を思い出す。

あの時。私はまだ、彼の中では『聖女』だったから。

涙があふれる。

二十二年。聖女である私を守り、そして、私自身を支えてくれた。

「五年前、俺が帝位についたとき、こいつを将軍に任命しようとしたら、条件を出しおった。恥ずかしげもなく、将軍になるなら、ソフィアが欲しいとぬかしおってな」

くつくつと兄は笑う。

「俺の一存では決められぬゆえ、ずっと保留にしておった」

「では、五年前の縁談って……」

まさか、そんな話だったとは思っていなかった。

そういえば、『ようやく手が届きそうだと思ったら、すり抜けてまた遠くに行ってしまう』とグラウは言っていた。てっきり比喩だと思っていたけど、あの時のことだったのだろうか。

「そうだ。話をする前に、お前は塔に戻ってしまった。本当はもっと早く、呼び戻したかったのだが、思ったほど簡単に後任が決まらなくてすまなかった」

兄は申し訳なさそうに頭を下げた。

「いいえ。私も、好きで居座っていたようなものですし」

聖女の仕事は嫌ではなかった。

「どうする、ソフィア。二十二年間、国のために働いたお前だ。連れ添う相手はおまえ自身が決めていい。嫌なら断わっても構わん」

兄は少しだけ意地悪だ。涙が止まらない私の顔を見て、どうしてそんなふうに思うのだろうか。

「この男はひどいのだ。将軍になっても、塔への軍役に行きたいなどと、さんざん俺にプレッシャーをかける。お前を他の男に嫁がせたりしたら、軍を辞めかねんが、それはそれ。気にするな」

兄の目が笑っている。この状況を楽しんでいるらしい。

「あの……ご不快でしょうか？」

グラウが不安げに私を見上げる。

「いえ。あの……よろしくお願いいたします」

私は涙がこぼれるのを止められないまま、微笑む。

引き継ぎの儀式《ステージ》、そして独演会《リサイタル》と、人生でこれ以上の幸せはないと思っていたのに、私の心はかつてない想いに満たされる。

彼の目に、私が映っている。それだけで、本当に幸せと感じた。

「よし。では、婚約を発表するからな」

兄が決まったというように、断言する。

「え？　今日ですか？」

あまりの急展開に私は驚いた。

「聖女を正式に引退すれば、縁談が押し寄せる。こういうのは、早く手を打った方が面倒はない」

「……私、四十歳なんですけどね」

思わず笑えてしまう。政略結婚って、本当に手段を選ばない。

「お年は、関係ありません！」

「そういうものでしょうか？」

「あたりまえです！　ソフィアさまはご自身の魅力をわかっておられない！」

グラウに睨まれて、思わずたじろいてしまう。嬉しい気持ちと驚きと。いろんなものがないまぜになって、不思議な気持ちだ。

こほん。と、兄が咳払いをした。

「まあ、なんだ。ソフィア。将軍はいろいろ思い込みの激しい男ではあるが、我が国には必要な男だ。良き妻として支えてやってくれ」

「はい」

私は涙を拭きながら、しっかりと頷いた。


私はグラウにエスコートされながら、パーティ会場に入る。

今回は、夕暮れ時のガーデンパーティ。宮廷の中庭に、大きなテーブルをならべ、魔道灯を灯したディナーパーティだ。

当初はもっと大きい規模を想定していたらしいけれど、かなり出席者の数は少なめにしたそうだ。普通のパーティだと、主賓の私が疲れてしまいそうなので、という兄の配慮らしい。それでも、楽団のメンバーやら、軍の関係者も多く招待されていて、決して内輪だけとはいいがたい。

会場に用意された席数を見るだけで、めまいがしそうだ。

私は、パーティ慣れしていないどころか、そもそも、男性にエスコートされた経験すらない。

聖女になる前の私は、腫れ物のように扱われていて、あまり人と接してなかった。

グラウの腕に手を添えながら、ただ、それだけの行為で動悸がしてしまう。いい年をして、と、思われそうで恥ずかしいけれど、こういうのは『慣れ』が必要なのだ。二十二年、恋愛スキャンダル禁止だったのだから、『慣れ』ようがない。

「どうかなさいましたか？」

あまりに動きがギクシャクしていたからだろう。グラウに心配そうにのぞき込まれて、さらに心臓の鼓動が早くなる。

「すみません。私、こういうの初めてで」

馬鹿にされるかと思いきや、ぎゅっと腰に手を回され、さらに身体を密着させられた。

「あ、あの……」

「そんな可愛らしい反応をされたら、絶対に離せなくなります。この場で抱きしめたいくらいですよ」

甘く耳元で囁かれ、私はどうしたら良いかわからなくなる。

周囲にはたくさん人もいて、次々に挨拶をしてくれるけれど、何一つ頭に入ってこない。

えっと。何。これ。

だめだ。免疫がなさ過ぎて、パンクしそうだ。

「あの、少しは手加減してください」

思わず、小さく抗議する。

「無理です。二十二年も我慢してきて、既に限界ですから」

いや、えっと。四十のオバサンが真っ赤になってうつむいて歩くって、絶対、笑われていそうですから。

それでも。たとえ笑われても、私は、このひとが好きなんだと自覚する。やわらかな瞳も、優しい声も、温かなぬくもりも、全てが愛おしい。離して欲しいと思いつつも、ずっとこうしていて欲しいとも思う。

「皆に言っておきたいことがある」

皆が用意された椅子にすわると、兄が高らかに声を上げた。

「この度、ソフィアはグラウ・レゼルト将軍に嫁することとなった」

皆が歓声を上げて、拍手をする。思ったより、みんな驚いてはいない。もっと驚かれるかと思ったのに。

「そしてもう一つ」

みなが静まるのを兄は待った。

「母のメアリーが、ソフィアに話があるそうだ」

ざわり、と会場が揺れる。

メアリー皇太后が私を嫌っていたのは、周知の事実だ。空気がピリピリと緊張する。

やがて。

ゆっくりと案内されてきた老婦人が私の前で足を止めた。記憶よりかなり老けているけれど、ピンと背筋を伸ばした美しい姿勢は、まぎれもなく、皇太后だ。

「メアリーさま？」

「ええ。お久しぶりね」

私の問いに、皇太后はおだやかに微笑んだ。

「あなたは私を恨んでいると思いますけれど。ひと言お礼を言いたいと思って、ここに来ました」

「お礼？」

私は首をかしげる。私は何かお礼を言われるようなことをしただろうか。

「二十二年もの間、この国に平和をもたらしてくれたこと。本当にありがとう。私のせいで、人生の美しい時期を国のために捧げさせてしまいました」

ほろほろと皇太后は涙を流し始めた。

「ずっと、いろんなことを恨んでおりました。陛下のお心、息子の結婚相手のこと。何もかも意のままにならず、自分だけが不幸だと信じて疑わなかったのです」

その気持ちはわからなくもない。この国では、妻は一人だけとされている。実際のところ、経済的に許せば、愛妾を持つ貴族はそれなりにいるとはいえ、このひとは父に裏切られたのだから。

「この五年。この宮殿を離れ、一人で離宮に移り住み、何一つ不自由のない、しかし孤独な生活をしていろんなことが見えてきました。皇妃ディナさんの心遣い。聖女である、あなたの献身によってもたらされている平和について。父ロバートが、陛下をないがしろにしていたこと。許して欲しいとは言いません。ただ、私なりの償いをさせてください。死の間際に、あなたへ許しを乞うていた陛下のために」

「父上が？」

私は父が病に倒れたことは知っていたものの、塔を離れることを躊躇《ちゅうちょ》し、帰らなかった。葬式には出席したものの、式典のあとすぐに塔に戻った薄情な娘だ。もちろん、悲しくて泣きはしたけれど。

「陛下は、私を恐れていらした。レナリアさんとそっくりのあなたに、私が危害を加えるかもしれないと疑っておられた」

皇太后はさびしそうに首を振った。

「疑われても仕方がない態度を私はとっていた。伸びやかな美しい声、きらめくその銀の髪。本当にあなたは、レナリアさんによく似ている」

私の顔を見つめ、皇太后はため息をつく。

「正直に言えば。あなたが聖女にならず、ずっと帝都にいたら、私は何をしたかわからない。だから、陛下があなたを聖女にしたのは、とても正しかった」

「メアリーさま」

「陛下は、あなたを帝都で護れなかったこと。護りきる自信が持てなかったことを悔いておられました。それは、ある意味では、陛下が私を信じることができなかった証。それは私の、不徳の致すところです」

皇太后は頭を下げる。たぶん。父が私のことで悔いていたのは真実であろう。そして、そのことで、皇太后も苦しんだのだろうと思う。

このひとのことで苦しんだ少女時代だったのは事実だ。でも私は、それでも幸せだった。

「メアリーさま。お顔を上げてください。私の二十二年間は不幸ではありませんでしたよ？　たくさんの人に支えられて、好きな歌を歌えて、やりがいもありました。そして、何よりグラウがそばにいてくれました。だから、メアリーさまも償いなどとおっしゃらず、ご自身をお許しになって、幸せになってください」

私は立ち上がり、皇太后の手を取った。

皇太后は私の手に手を重ねて、涙をにじませながら微笑む。

「おばあさま、湿っぽいのはそれくらいにして、席にお座りください」

ギルバートが走り寄って、皇太后をエスコートする。

「おばあさま、早くしないと、お料理がさめてしまいます！」

ライラの言葉に、全員が思わず笑顔になった。

「それでは、全てが丸く収まったことに乾杯！」

兄の音頭で、皆がグラスを掲げ、慰労パーティは、祝賀パーティに変わった。

次々に寄せられる、祝辞。陽が沈み始め、一番星が輝き始めた。

「叔母上。この前の新曲、もう一度聞きたいのですが」

「ええ。いいわ」

ギルバートに乞われて、私は頷く。

「待って！　叔母さま。歌を歌われるなら、ぜひみんなに渡したいものが！」

ライラが慌てて、片隅に置かれていた木箱を開いた。

「何？」

中に入っていたのは、棒状の形をした魔道灯？

「念を込めると、色が変わるんです！　魔のモノって歌を聞くと光を放つんでしょ？　だから独演会《リサイタル》でもみんなで真似したら、叔母さま喜ぶかなって思ったの。でもさすがに間に合わなくって」

ライラに手渡された光の棒をしげしげとみつめる。本当に色が変わる。魔道灯の応用なのだろうけど、これ、ちょっとすごい。

「これ、持っていたら振ってましたね」

くすくすと面白そうにグラウがのぞき込む。

「父上の作った魔石をちょいと拝借して作っちゃいました！」

「え？　どういうことだ？」

兄が驚愕の声をあげる。

「ほら、光にかざすと虹色に光るやつ。そうそう。おばさまのイヤリングの石！　廃棄する予定だったんでしょ？　廃棄箱に入っていたんだから」

「いや、え？　それはそうだが」

どうやら、音を留める研究をしていた時にできた副産物なのだそうだ。色が綺麗なので、私のイヤリングに加工し、残りは捨てる予定だったらしいのだけど、ライラはそれを見つけてひらめいたとか。私の姪っ子、すごいかも。

もともと捨てる予定だった石なのだから、いわば廃棄物のリサイクル魔道具だ。兄もいろいろ複雑だと思うけれど、魔石の材料である魔晶石は貴重鉱物。再利用できるにこしたことはない。

日が完全に落ちて、魔道灯が明るく感じるようになり始めた。

私は庭の中央に立ち、歌う。曲は『帝都カルカ』。

楽器を持ってきていたアリスが、私のためにリュートを奏で始める。

恋をしたことで、何かが変わったのかもしれない。けれど、陽が沈んだこの時間に歌を歌うのは、塔で森に歌っていた時が思い出されて不思議な気持ちだ。

今まで支えてくれた人たちへの、感謝を込めて私は歌う。

辛い想いを抱いた少女時代の記憶が優しく癒されていくような気がした。

そして、みなが手にした光の棒が、まるで魔のモノのように輝いて揺れる。とても不思議な景色だ。

「ありがとうございました」

歌い終えて、挨拶をする。

パーティの参加者たちの拍手を浴びていた私は、不意に魔のモノの気配を感じた。

「何だ？」

「鳥？」

黒い群れだ。鳥ではない。コウモリだ。くるくると飛びながら、彼等は、庭の木にぶらさがった。

あの子たちだ。

周囲のざわめきを制して、私は、コウモリの前に歩み寄る。

「あなた、魔のモノよね？」

コウモリのようで、コウモリでないもの。この前と同じものを感じた。

「ソウ」

え？　返事した？

私は周りを見渡す。

みなも驚きの声をあげる。

「大聖女、我ノ言葉、聞ケル？」

はっきりとした言葉。どういうことなのか。私は思わず耳に手を当て、そして、耳元につけた魔石のイヤリングに気づく。

「これかしら？」

イヤリングを両方外してみた。

コウモリはキーキーと鳴くばかりだ。

私は、イヤリングを片耳に当てた。

「もう一度、話してみて」

「我ラ、大聖女、頼ミアッテ来タ」

どう見ても、魔石を通じて、コウモリの声が言葉として翻訳されているようだ。

「うん。ちょっと待って。これって、どういうこと？」

「どうした、ソフィア」

「このイヤリングから、このコの言葉が聞こえるの」

「待て。俺には、この光の棒から声が聞こえるんだが」

兄が驚いた声を上げた。

「ソフィアのイヤリングの魔石は、音を留める魔術の研究途中の副産物だったのだが」

兄は頭を掻いた。音を留めようとした研究そのものは巧くいかなかったが、魔力を宿した石があまりに綺麗なのでイヤリングにしたらしい。

そして、光の棒にも同じ石を使っているから、棒からも聞こえるということのようだ。

「よくわかりませんが、我らが聞こえぬものを音に変換しているということでしょうな」

ネイマールがしげしげと光の棒をみつめた。

なんにしても、魔のモノと会話ができるなんて、信じられない。

「それで、頼みって何かしら？」

私はもう一度イヤリングをつけて、ゆっくりとコウモリに問いかける。

「今聖女、素晴ラシイデモ、我ガ王、大聖女、忘レ難シ。人ノ町、王、来レナイ」

今聖女はリイナの事だろうか。では、大聖女って、私？

兄もギルバート、ネイマールたちみんなが、自分の持っている光の棒に耳を当てている。

「我ガ王、大聖女、国ニ招ク言ウ」

「えっと。それって、私に魔のモノの国で、歌って欲しいってこと？」

コウモリが、ぶるぶると羽音をたてると、木にぶら下がっていたコウモリ達が口にくわえたものを私の目の前に落としていった。キラキラ光る石が、うず高くつまれた。

「こ、これは、無垢な魔晶石です」

石を拾いあげたネイマールが、驚きの声をあげる。

魔晶石は貴重鉱石だ。魔術師たちはこれを利用して魔道具や、様々な呪術を込めた魔石を作る。

これは、遠征費ということだろうか。たぶん、普通に採掘する一年分くらいありそうだ。

そして、話をしているコウモリが、ひらりと飛ぶと一枚の大きな葉っぱがひらひらと私の手元に落ちてきた。

両手のひら二つ分ほどの大きさの葉には、歌う人間と塔周辺の森の地図のようなものが描かれていた。

「で、でも、私、好きな人が出来てしまったの。もう聖女に戻れない」

「構ワナイ。ソレデモ、王、大聖女、呼ブ」

グラウは私の耳に耳を寄せ、彼等の言葉を共に聞いている
「本当に魔のモノなのか？」

兄の疑問はもっともだ。魔のモノとは、絶対に意思疎通が出来ないとされてきた。

「我ラ、本来、人ノヨウナ声ナイ。人ノ言葉ワカル。デモ、使エナイ。魔力デ会話スル」

「つまり、声帯がないということですな。だが、言葉は、理解していると。ついでに、陛下の戯れで作られた魔石で会話して通じ合うことが可能とは。これは、すごいことです」

ネイマールが珍しく顔を紅潮させている。

「魔のモノの国に私が？」

すごく行ってみたい。そこはいったいどんなところだろう。そして、彼等は、どんな想いで、私の歌を聞いてくれたのか、知りたい。

「行きましょう。ソフィアさま」

グラウが私に頷く。

「あなたが望むなら、私はついて行きます」

「本当に？」

この年で、望んでもいいのだろうか。そんな夢みる子供のような冒険を。

「陛下。新婚旅行は、夫婦で魔のモノの国に行くことにします」

「おい、グラウ」

兄は戸惑いを隠せない
「陛下、これは、絶好の機会ですぞ。意思疎通不能と思われていた魔のモノを知り、共存も可能になるかもしれません」

いつもは慎重なはずの、ネイマールが乗り気だ。

「その国は塔から、どれくらいかかるのだ？」

「人ナラ、十日」

コウモリは答える。

「わかった。ソフィアの安全は保証されるのだろうな？」

「当タリ前。大聖女、我ラニ、知恵クレル」

私はグラウの腕を抱きしめる。新しい何かが始まろうとしていた。

魔のモノの国

魔のモノは、日光がそれほど得意ではないらしい。言われてみれば、侵攻してくるときは、黄昏時から明け方まで。日がさんさんと照り付けている時に来る印象はない。ちなみに、森で見かけるのは幼体で、ある程度成長した魔のモノは、自分の意志で姿を変えられるようになるそうだ。つまり、コウモリではなく別の鳥の姿をとることもできるらしい。ただ、日中の行動はなかなかに難しく、しかも街を飛んでいても不思議に思われないということで、コウモリを選択したらしい。思っていたよりリサーチ力もあるようだ。今まで気づかなかっただけで、意外と身近なところまで入り込んでいるのかもしれない。

ここは、王の執務室。この人数ではほんの少し狭いかも。

集まったのは、兄ルパートとネイマール。そしてグラウと私だ。一応、コウモリは国賓扱いなので、謁見室でもよかったのだけれど。

ちなみにギルバートとライラも同席したいと言ったが、今回は見送られた。兄いわく、皇族が四人も固まって、未知の生物と会談するのは、国防上問題があるそうな。

確かに、コウモリは魔のモノだ。境界の森にいる魔のモノと同じと考えるなら、それくらいの用心は必要かもしれない。彼等は圧倒的に『強い』のだから。もっとも今のコウモリ状態だとあまり強いという印象はない。コウモリでも割と小型サイズだし、目はくりくりしていて結構可愛い。ようするに外見が全然怖くないから、緊張感には欠ける。

会談といっても、相手はコウモリなので、椅子に座っているのは私達だけで、コウモリは帽子掛けにぶら下がっている。今日来ているのは一匹だけ。

他のコウモリたちは、私と連絡が取れたということで、いったん国に帰ったらしい。

「えっと。それで、あなたのお名前は？」

「ホマン」

私はイヤリングをして、他のひとは光の棒を耳のそばにあてて、コウモリの言葉を聞いている。

「ホマンね。素敵な名前だわ」

コウモリは少しだけ嬉しそうに手を動かしてみせた。

「あなたたちの国って、いったいどんな国なの？」

行くことを承諾はしたものの、具体的にどんな場所かは聞いておきたい。

境界の森とは違うのだろうか？　そもそも、私たちの知っている魔のモノと、このホマンは姿が違いすぎる。姿を変えられるとのことだけど、森にいる魔のモノは、なんというか異形だ。どの森の生き物にも似ていない。影の塊みたいなもの。近くではっきり見たことはないけど、形があまり定まったイメージがない。そして、おそらくその身体のどこかから光を放つこともできる。

「森ノ地下、洞窟。国有ル。我ラ、成体、人、似ル」

「そうなの？」

森ではなく、地下に有るということだろうか。しかも、大きくなると人間と似ている？

「森……我ラ、幼体、住ム。歌、聞ク。育ツ、国ニ行ク」

「待ってください！　森に棲んでいるのは幼体だけなのですか？」

ネイマールがかなり興奮している。

「我ラ、生マレ方、違ウ。母、父、無イ」

ホマンはどう説明したらよいのか、悩むように少し頭を傾けた。

「では、どうやって生まれるのですか？」

ネイマールはかなり食い気味だ。完全に身を乗り出している。

「我ラ、森ニ、現ル。勝手ニ、居ル」

「気が付くと、森に居るってことかしら？」

「ソウ」

ホマンは頷いた。

「それにしても、王は空を飛べないってことなの？」

王は人間の国に来られないと、ホマンは昨日言っていた。もちろん、王が国外にひょいひょい出て行けないというのもわからなくもないけれど。

「年ヲ取ル、姿、変エニクイ。王、足、弱イ。森ニ行クモ、大変」

「えっと。王さまは、お年寄りで姿が変えにくくなっていて、境界の森に行くのも大変、そういうことかしら？」

私は、ホマンの言葉を確認する。

つまり、『境界の塔』での歌を聞きに行くのも、なかなかに難しいということだろうか。

「あなたがたの国から、聖女の歌は聞こえるのですか？」

「聞コエル。ケド皆、聞キニ、森ニ出ル」

ホマンは頷いた。

「皆、モット聞キタイ言ウ。特ニ、大聖女ノ歌、忘レ難シ。聞キタイ」

「ありがとう」

大聖女なんて言われるとこそばゆいけれど、今の聖女と区別するための呼称だろう。老聖女とか言われたら悲しいから、とりあえず受け入れておくことにする。それに、実力云々はともかく、勤続年数は歴代トップなことは間違いない。

「それにしても、行って帰ってくるとしたら、相当な装備が必要だな」

兄が顎に手を当てて考え込む。

「そうですね。食料などは持参すべきでしょうし」

グラウが頷く。

ああそうか。塔から人間は十日かかると言っているのだから、少なくとも往復の食料が必要だ。

私とグラウだけで行くにしろ、相当な荷物になる。

「大聖女、歩キタイ？」

ホマンが、首をかしげた。

「え？」

「国カラ、迎エ、出ス、王、言ッテル」

「お迎え？」

こくんと、ホマンは頷いた。

「送迎スル。夕方出発、夜、到着」

「つまり、その日に着いちゃうってこと？」

それはびっくりだ。ここから塔まででも、三日はかかるというのに。さらにそのむこうの場所なのに、すぐ着いてしまうなんて、すごすぎる。おそるべし、移動力。

私たちがどんなに頑張って戦っても、魔のモノに勝てない理由の一つがわかった気がする。

「それは、ソフィアひとりだけということか？」

「大聖女、以外モ、必要ナラ」

「それなら、私とソフィアさまで行くのがよろしいでしょう」

私はグラウと頷きあう。

どんな場所かわからない以上、たくさんのひとを巻き込みたくない。

「十日後、迎エ来ル、王、待ッテル」

本当は一日でも早くと思ってくれているらしいが、会場の準備とか、それなりにいろいろあるらしい。私は行って、歌って、帰るだけ。兄的には『外交』もしたいだろうけれど、何にしろ未知の国だ。危険がないとは限らない。最初は欲張らない方が安全だろう。

「昨日、大聖女ト、話出来タ伝エタ。王、歓喜シタ」

「ええ。お話しできるとは、私も思っていなかったから、びっくりしたわ」

彼等と話すには、兄の作った魔石（実際には、廃棄物だったものだけど）が必要で、普通には会話できない。

もし、魔石がなかったら、葉っぱに書かれた歌う人間と塔周辺の森の地図だけだ。なかなか意思疎通は難しかっただろう。

「皆、大聖女、辞メタラ、歌ワナイ、思ッテタ」

「ええと。私も、独演会《リサイタル》をするとは思ってなかったわ。でも、歌えなくなるってことはないのよ」

私は苦笑する。

「歴代聖女も、歌わなくなったわけじゃなくて……たいていは、結婚して舞台に立つことを辞めてしまっただけなの」

「そうだ。聖女が恋愛すると、いけないのはなぜだ？」

グラウがホマンに疑問を投げかける。

「我ラ、歌、変化シナイナラ、気ニシナイ。幼体、変化ニ過敏」

ホマンは答えた。

「そうなの？」

ということは、恋をすると歌の何かが変わっていたということだろうか？

「大聖女ノ歌。ホマン、好キ。大聖女、歌、少し変化シタ。デモ、好キ」

「そうなの？　でも、ホマンは良くても、王さまは良いのかしら？」

なんといっても、ホマンは、街までわざわざ歌を聞きに来てくれたのだから、そのへん、他の魔のモノたちと感じ方が違うということはあるかもしれないと思う。

「大丈夫。仲間、大勢、大聖女ノ歌、聞イタ。大聖女、今デモ好キ。幼体モ、好キ、思ウハズ」

ホマンは力強く断言する。

「えっと。つまり、あなたがたは歌に変化があった時に反応していたということですね。しかし、ソフィアさまは変化してもなお、望ましいものを感じるということでしょうか？」

ネイマールが真剣に問いかける。もし今の私が大丈夫だとするなら、必ずしも恋愛禁止でなくてもいいのかもしれない。そうなれば、聖女の孤独は少し和らぐ。

もっとも、今までスキャンダルが発覚すると、魔のモノが騒ぎだしていたのは事実なので、私とどう違うのか考える必要があるけれど。

「大聖女、特別。上手ク、言エナイケド、大丈夫」

ホマンはこくりと頷いた。

「ソフィアさまが特別だというのは、同意いたします」

グラウがなぜか満足そうな顔をする。

「そうと決まったら、早急に準備をしませんと」

ネイマールが必要なものをリストアップし始める。

「大聖女、来ル、嬉シイ」

ホマンは本当に嬉しそうにあたりを飛び回る。

「十日間ホマン毎日来ル。王ニ連絡係、任命サレタ。大聖女、独演会《リサイタル》ノ要望有レバ、ホマン、聞ク」

「わかったわ」

とりあえず、持っていくもの、日程、会場の様子などの打ち合わせを詰めていくことにした。

◇◇◇挿話　大冒険のたくらみ《ライラ視点》◇◇◇

大人ってずるいと思う。

何がずるいって言うと、とてつもなく面白そうなことから『子供だから』という理由で引き離そうとするのに、『もう大人だから』聞き分けなさいって、矛盾したことを平気で言う。

昨日の夜、魔のモノと会談した父上の説明は、全然納得できるものではなかった。

私と兄さんだって、魔のモノとお話ししたいし、魔のモノの国に行きたい！　だいたい、魔のモノとお話しできるようになったのは、私のおかげでもあるんだから。そりゃあ、父上の魔石があったからできたことではあるのだけど。

というわけで、私たちは、父と叔母さまの秘密の『実験小屋』にこもっている。慰労パーティで仲良くなったアリスも呼んで、お茶会という名の秘密会議だ。

「え？　アリスも行けないの？」

「はい。結局、安全面を考えて、ソフィアさまとレゼルト将軍だけで行かれるということだそうです。私もぜひ同行したかったのですけれども」

宮廷楽師になることが正式に決まったアリスは絶対行けると思ったのに。アリスは悲し気に目を伏せた。

「何人か楽師は同行したいって申し出たんですけれど、輸送面の問題とか、いろいろ不安も大きいと。未知の場所なので、ソフィアさまができるだけ危険を避けたいとお考えだそうです」

「叔母さまのお気持ちはわからなくもないけれど……」

叔母さまはずっと最前線に立ってきたひとだから、周囲の人間への安全面など、必要以上に気にしているのだろう。

「そもそも、あのコウモリは、叔母上に会うためだけに森から飛んできたって話だ。ようするに、叔母上の大ファンだろう？　危険なんてないはずだ」

兄さんは腕を組み、口をへの字に曲げながら、絵を描いている。最近は画材をここに持ち込んでアトリエにしてしまっているのだ。今描いているのは叔母さまの絵。兄さんは結構上手だ。この前の独演会《リサイタル》の時の絵で、完成したら叔母さまにプレゼントするつもりらしい。

「これは魔のモノを知るチャンスだ。それに、魔のモノの国で独演会《リサイタル》なんて、これまで、誰もなしえなかったことを叔母上がなしとげる歴史的瞬間を、どうして見に行ってはいけないと言うのだろう」

「本当よね！」

私もそう思う。だいたいにおいて、叔母さまが歌を歌うっていうのなら、絶対見たい。正直、あの独演会《リサイタル》が最後だなんて、絶対にあり得ない！　別に聖女じゃなくなっても、歌い続ければいいと思う。あんなに素敵に歌えるひとを、見たことないんだから。

「聖女さまの独唱もすばらしいと思いますけれど、やっぱり楽師は連れていくべきだと思うんです。せっかく異国のかたが聞いてくださるのですから。他の方はともかく、私なら身分も高くありませんから何があっても、後々さほど問題にはなりません。捨て石のように軽い気持ちで選んでいただいて構いませんのに」

アリスも握りこぶしで力説する。さりげになんかすごいこと言っている気がするけど、命がけでも行きたいってことなのだろう。

「なあ。一つ考えがあるのだが」

兄は声を潜めた。

「魔のモノである、例のコウモリは、毎日連絡係としてここに来ることになっている」

「えっと、ホマンって名前だったっけ」

私は父の話を思い出した。例のコウモリは会場や送迎のことなどで、毎日帝都と魔のモノの国を往復するって言っていた。

「どうなさるおつもりで？」

アリスが問いかける。

「直接交渉するんだよ。例のキラキラ光る棒があれば、オレたちだって、魔のモノと話せるはずだ」

「な、なるほど！」

「大丈夫でしょうか？」

アリスは不安げに首をかしげた。

「私はともかく、殿下たちに危険なことがあっては……」

「何を言ってるの？　そもそも、ここで魔のモノと私たちが話して危険なら、叔母さまをかの国に行かせるわけにいかないじゃない！」

我ながら、完璧な理屈だ。アリスも納得したらしく、頷いてくれた。

「よし。そうと決まったら、今日、ホマンが帰る直前、なんとか話をしてみよう」

こうして私たちは作戦を練ることにした。


私たちは、夕刻、見張りの塔に上った。

アリスが叔母さまの作った『帝都カルカ』をリュートでつま弾く。

見張りの兵士は、アップルパイで買収済みだ。彼等には『魔のモノと話してみたいから、見逃して』とだけ、伝えている。兵士たちも、会談から私たちが外されてしまっていることは知っているから、大目に見てくれた。

本当は魔のモノの国に行く交渉をするつもりだってバレたら、きっと許してはもらえないだろうけど。このあたりは、兄さんの作戦勝ちである。

「ホマン!」

遠くの空から、すごいスピードでやってくるコウモリに私は声を掛けた。もちろん光の棒を振っている。

私の声は届かなくても、魔のモノは、魔力に反応するから、アリスの弾いているリュートには気づくはずだ。

案の定、というべきか。

コウモリは私たちのところにやってきた。

「ソノ曲、好キ」

くるくると旋回しながらホマンは私たちに話しかける。

「いい曲よね」

私も頷く。ホマンはソフィア叔母さまの大ファンだ。叔母さまが作った曲が流れていたら、やっぱり無視はできなかったらしい。

「少し聞いていかない？」

アリスがにっこりと微笑む。

「聞キタイケド、大聖女、待ッテル」

律儀なホマンは、すぐに飛んでいこうとした。

「待って。ホマン、これ欲しくないか？」

兄が取り出したのは、腕に巻けるくらいの長さの組みひもだ。金糸と青い糸と白い糸で作られたもので、独演会《リサイタル》の記念品として売られていたものだ。

とりあえず短時間でできる記念品ということで、叔母さまの聖女の法衣のカラーを使って作ったらしい。

「ソレ、独演会《リサイタル》、売ッテタ？」

「そうだよ。いらない？」

「欲シイ」

ホマンは、嬉しそうに兄の周りを飛び回った。

「じゃあさ。今日、父上たちとのお話が終わったら、あそこの小屋に寄ってよ。あげるから」

「分カッタ」

ホマンは頷いた。


「それにしてもそのひも、どうしたの？」

当日、すごい人気で手に入らなかったひもだ。私も欲しかったけど、すぐに売り切れちゃったらしい。

みんな腕に巻いていていて、すごく羨ましかった。

「調べたら軍内の独演会《リサイタル》執行部が、中心になって、企画して作成したものだったらしい。準備期間が短かったこともあり、あまり数の確保が出来なかったということだ」

兄さんは独演会《リサイタル》のあと、店がどこから仕入れたのかまでつきとめて、こっそり発注を掛けたらしい。

　おそるべし、行動力。さすが皇太子だ。何か間違っているような気もするけど。

「叔母上は、独演会《リサイタル》を最後にステージに立つのを辞めてしまうおつもりのようだけれど、それは絶対にもったいない。魔のモノの国から戻ってきたら、盛大にまた独演会《リサイタル》をやってほしいと思う。今度は、軍人縛りなしでね」

「そうよねー。軍人さん以外にも聞いてほしいわよね」

　私もそう思う。

　叔母さまがご結婚なさるのは全然構わないし、すごく幸せになってほしいけれど、だからといって、歌うのをやめてしまうのは大反対だ。

「そして、独演会《リサイタル》を開かれるときは、みんなこのひもを欲しがると思うんだ」

「でも……それは、聖女さまの法衣のカラーですよね」

　アリスが首をかしげる。

「もちろん、それもいいんですけれど、聖女さまをお辞めになるのは事実です。銀糸に青とかどうでしょうか。ソフィアさまは銀の髪で青い瞳ですから」

「あ、そうか」

　兄さんは腕を組んだ。

「そういう考え方もあるな」

「とりあえず、ホマンにあげるのはこれでいいと思うよ？　だって、聖女である叔母さまに会いに来たんだし」

「そうですね」

アリスは頷いた。

私たちは実験小屋で、立ち話をしながら、ホマンが再び来るのを待った。

かなり遅い時間になったので、アリスは帰ると言ったのだけれど、ホマンはアリスの弾く曲も聞きたいだろうから、宮殿に泊まるように勧める。

どのみち、宮廷楽師になったということでアリスは一人暮らしだそうだ。それなら、宮殿に泊まってもらっても、全然問題はない。

ホマンがやってきたのは、完全に日が沈みきった後だった。

「ホマン、とりあえず小屋に入って」

私たちは、飛んできたホマンを小屋の中に引き入れる。

「さあ、どうぞ」

私は兄から受け取ったひもをホマンの足に結んであげた。

ちょっと、ホマンには長い気がするけど、とても嬉しそうだ。

「感謝。国ノ仲間、欲シイ、言ッテタ」

「本当に？」

私たちは、お互いに頷きあった。

これならば、いける。

「ねえ、ホマン。私たちもあなたたちの国に連れて行ってくれない？」

私は単刀直入に切り出した。

「とりあえず、同じものであれば、それなりの数を用意してみせる」

兄さんが、ホマンに木箱を一つ開けて見せた。組みひもがたくさん入っている。

「皆、欲シイ、思ウ、デモ、大聖女、二人ダケ、来ル、言ッテタ」

ホマンは困ったように答えた。

「ソフィアさまのお気持ちもわかるし、その意向に沿いたいあなたの立場もわかります。でも、せっかくの独演会《リサイタル》です。少しでも良いものにしたいと思いませんか？」

アリスがポロンとリュートをつま弾いた。

「もちろん独唱もすばらしいですけれど、私も連れていっていただければ、楽師として全力を尽くさせてもらいます」

「楽師、有ル、嬉シイ……ケド」

ホマンはかなり揺れているようだ。そうだよね。楽師は欲しいよね。ただ、そうなるとアリスだけになっちゃうから、私と兄さんもアピールしないと。

「こういうのはどうだろう？」

兄さんはさらさらと、先ほどの木箱に黒炭で絵を描き始めた。少しデフォルメしているけれど、可愛らしい叔母さまの顔だ。

「あ、叔母さま！」

「似ていらっしゃいますね！」

私とアリスが歓喜の声をあげる。ホマンは目をくるくるさせた。

「オレは絵が描ける。会場で描いてあげたら、みんな喜んでくれると思うのだけど」

「大聖女！」

ホマンは木箱の上に降りて、しげしげと絵を見つめる。気にいったらしい。

わ。兄さんはそう来たか。私も、何か頑張らないといけない。えっと。

「このキラキラ光る光の棒はどうかな？」

私は手にした棒を突き出した。

「ライラ、ホマンたちは自分で光ることができるんじゃないか？」

「あっ」

そうか。そもそも魔のモノの真似っこがしたいから作ったんだっけ。ダメじゃん。

えっと。じゃあ、どうしよう。

スイーツ作るとか、えっと……。

「待ってください」

アリスが、光る棒を見つめた。

「これ、ホマンさんたちの声なき声を声にすることができますよね。ということは、これがあれば、『歓声』が再現できますよ！」

アリスは興奮気味だ。

「もちろん、ソフィアさまは、無歓声で歌うことに慣れておいでですし、ホマンさんたちとて、曲を聞いて楽しんでおられることを光の色で表現されていたわけで、それが悪いとは申しません。ですが、歓声が聞こえたら、歓声を伝えられたら、もっと素晴らしい独演会《リサイタル》になるのではないでしょうか？」

「ホマン、歓声シタイ！　伝エル！」

ホマンの目がくるくると動く。

ホマンは、先日の軍の独演会《リサイタル》に来て、歓声で会場が揺れる風景をその目で見ている。

「じゃあ、オレたちを連れてってくれ。ただし、これは叔母上に内緒だ」

兄さんがにやりと口元を歪めた。

「人間の世界には、『サプライズ』っていうものがある。相手を尊敬しているからこそ、相手を驚かせて、喜ばせたいのだ。オレたちは、叔母上に喜んでもらいたい」

「分カッタ」

ホマンが頷く。交渉は成立した。私たちは、秘密裏に準備を始めることにした。

◇◇◇　　◇◇◇

十日はあっという間に過ぎた。

魔の国独演会《リサイタル》へは、私とグラウの二人で行くことで本決まりとなった。日程的には、二泊三日。食べるものは用意してくれるとホマンは言っていたが、念のため保存食を持参することにした。私は相変わらず聖女の法衣で、グラウは軍服。私の場合、聖女の法衣はもはや舞台衣装な気がしてきた。とはいえ、呼ばれているのは、聖女なのだ。

お迎えには鳥が来るという話なのだけど。鳥が来てどうするのだろう。そのへん、ホマンの言葉が片言なこともあって、少しだけよくわからないところがある。

ホマンは本当に毎日来てくれた。こちらが出した質問は、翌日には一応答えが返ってくる感じ。つまりホマンは毎日往復していることになる。かなりの移動距離だ。だから、飛ぶスピードは、普通の鳥より速いはず。聞いたら、宮殿の周囲ではコウモリの真似をして飛んでいるけど、郊外ではものすごい速さで飛んでいるそうだ。いろいろ不安はあるけれど、お互いのやりとりは密にしているから、それなりに疑問を解消しながら、進めてきた。

ちなみに。ホマンもそうなのだけど、『形を自由に変えられる』ことは変えられるのだけど、得意不得意はやっぱりあるのだとか。そのこともあってか、お迎えに来てくれる鳥さんとやらは、ホマンとは違う子らしい。

夕日が沈むころ。

「あれは、何？」

宮殿、いや街の人間も空を飛んでくる巨大な物体にくぎ付けになった。

大きな羽に大きな目。

フクロウのようだ。

いや、明らかに縮尺がおかしい。かなり遠くにいるはずなのに、フクロウだとわかる。そして、しだいにものすごい勢いで巨大化していく。つまり相当に大きいし、しかも猛烈なスピードで飛んできているようだ。

「迎エ、連レテ来タ」

くるりとまわって降りてきたのはホマン。

「ひょっとして、あのフクロウ？」

「ソウ」

なるほど。

あれなら、ひとが乗れるサイズだ。まさか巨大フクロウさんとは思わなかった。サイズ的には、何とか中庭に降りられそうだけど、フクロウが降りてくる前に私たちは慌てて建物の中に避難した。羽音はほぼしないけど、風圧がすごい。

木の葉が舞いあがる。

噴水の隣に、ふわっと舞い降りたフクロウは、可愛らしく首をかしげた。

とにかく大きい。よくこんな大きさのものが、空を飛んで来たなあと思ってしまう。

近くまで行くと、本当に茶色の毛玉の山って感じ。

見上げると、金色の大きな目がくるくるしている。大きすぎて、少し可愛いと思えないけど、愛嬌のある顔だ。

ちなみに、首の周りにひもが括り付けてあって、ちょうど背中に乗るような形で長椅子が固定されていた。

「大聖女、背中、乗ル」

フクロウの頭にとまったホマンが告げる。って、えっと。フクロウの背にあるこの椅子に座るってことなのだろうか？

「わかったわ。ホマン。だけど、その前に挨拶させて。私はソフィア。あなたは？」

私はフクロウの前でお辞儀した。

「**我、ギェナー。大聖女、会エテ、歓喜**」

首を器用に動かして、巨大フクロウは私に挨拶を返してくれた。

「ギェナー、お世話になるわ。よろしくね」

「大聖女、ソコ、危険。ギェナー、倒レル」

倒れるってどういうことなのかわからないけれど、ホマンに言われて、私はギェナーの前から退く。

すると、空気の流れを感じさせながら、ギェナーがぺたんと腹ばいになった。大きな毛玉の山が少しだけ低くなる。

「えっと。どうすればいいの？」

「首ノ所カラ、背中ニ乗ッテ」

なんか、すごいことになってきた気がする。まさか空を飛ぶことになるとは思ってなかった。

ちなみに、荷物はホマンの指示で、大きな箱にまとめて入れて、それを投網《とあみ》でくるんである。最初どうやって運ぶのかわからなかったけれど、このサイズの鳥さんなら足でつかんで運べるのかもしれない。

準備を終えると、ホマンがパタパタと私たちを誘導し始めた。

先にグラウが乗って、手をのばしてくれる。

「ソフィアさま」

私は彼の硬い手に引かれて、ギェナーの身体にのぼった。

踏み込むと温かくてやわらかいので、生き物を踏んでいる感触がする。くにょんとして心もとないし、何より申し訳ない気分だ。

少し触れた首のあたりの毛は、とてもふんわりとしている。

「ふわふわだわ！」

思わず歓声を上げてしまう。

「足元が悪いので気を付けてください」

グラウに手を引いてもらいながら、長椅子に座る。長椅子にはベルトがあって、体を固定するようになっていた。

ホマンの話では、国を挙げて、私を安全に運ぶ方法を考えてくれたらしい。なんかすごい。

椅子は木で作られていて、とても座り心地が良かった。

「お気を付けてくださいませ」

「ええ。行ってくるわね」

手を振って、ネイマールに答える。ネイマールは本当は自分も行きたかったみたい。だけど、年齢的に諦めろと、兄に諭されたらしい。

確かにネイマールは私よりもかなり年齢が上だ。ネイマールは楽師でもない。護衛でもない。外交官でもない。研究者だから、必然性が低くて、さらに年齢を理由にされたら、なかなか反論できなかったらしい。ネイマールは長年、魔のモノの研究をしてきたひとだから、来てもいい気もするけど。ただ、今回は本当に未知の場所だ。万が一のことがないとはいえない。何かあったら、人間は魔のモノに絶対勝てないと思う。たくさんの人間で行けば大丈夫という相手ではないのだ。

ただ、魔の国の様子を見たり、今後について考えたりするまたとないチャンスでもある。幸い、意思疎通もそれなりにできるということがわかったから、聖女の『あり方』なども、相談できるかもしれない。私ができる範囲だけになるけど、頑張ってみたいとは思っている。

「**出発スル**」

ギェナーが立ち上がり、ふさりと羽を動かした。

「わわっ」

思ったよりすごい風圧だ。

ついでふわりとした浮遊感。

「ソフィアさま、深めに椅子に座って。私につかまってください」

「は、はい」

グラウが私の肩に手を回し、ぴたりと私の身体を自分に引き寄せた。ちょっと人前では恥ずかしい。

グラウの体温がしっかりと伝わってきて、胸がドキドキするけど、なんだかとても安心できる感じがした。

どんな怖い瞬間が来るのかと思っていたけれど、二、三回ほど羽を動かすと、あっという間に空に飛び立った。

「いってきます！」

挨拶は果たして聞こえたのだろうか？

地上はどんどん遠ざかっていき、揺れを感じにくくなった。

「と、飛んでるっ」

羽が大きくて視野のさまたげになるから、景色は見にくいのだけど、あっというまに黄金色の川を越えていく。

「凄いスピードね」

周りの光景がどんどん後ろに流れていく感じだ。風の音が凄い。会話するのも大変なほどだ。

「驚きの早さですね」

グラウが唸る。

音が聞こえにくいからなのだけど、密着した状態の耳元で囁かれると、普通の言葉なのに、胸がドキドキしてしまう。いつもながら、平気な顔をしているグラウが、ちょっぴり憎らしい。自分だけ、余裕がない感じがしてしまうから。

馬でも三日の距離の『境界の塔』があっという間に目の前に見えてきた。

「ソフィアさま、『境界の塔』です。みなが手を振っています」

グラウが指をさす。『境界の塔』の屋上には、いくつかの人影があった。さすがに、誰とは判別はつかないけれど。

帝都から知らせが行っているはずだから、わざわざ見送りをしてくれているのだろう。

「ソフィアさまぁ！　がんばってくださーい」

リイナの声が聞こえた。

「ありがとう！」

私も返事をする。

私の姿が向こうに見えたかどうかはわからないけれど、声は聞こえたみたいだった。

やがて、日が暮れ、森は闇に落ち始める。

「ソフィアさま、下を」

グラウに言われて、下を見ると、森に青と金色と白い光が明滅していた。

森にいる魔のモノたちが私を歓迎してくれているのがわかる。

「素敵だわ」

光は大きく揺れていて、彼等の心が伝わってくるようだ。

やがて、ギェナーが減速をして、ゆっくりと真下へとおり始める。

「火山口か？」

グラウが呟く。

森のど真ん中に、大きな黒い穴がある。広くて、それこそギェナーが入っていっても全然狭くないほどの大きな穴だ。

かなり深い。どんどん下へとおりていく。当然暗くなっていくはずなのに、下に行くと、淡い光が満ちていた。円形の大きな広場のような場所で、五人くらいの人みたいな姿が見える。

一人だけ背が高いけど、あとはみんな子供みたいな身長だ。みんな髪が青くて、肌が緑色だ。服は見たことのないデザインだ。布を身体に巻きつけたようなもので、腰を帯のようなもので結んでいる。

「**到着シタ**」

何の衝撃もない着地。さすがフクロウというべきだろうか。

ギェナーは乗せてくれた時と同じように、腹ばいになって、姿勢を低くしてくれた。

私たちは、ゆっくりとギェナーからおりる。

「ギェナー、ありがとう」

私はギェナーをねぎらう。

私たちが降りるのを待って、背の低いひとたちが、ギェナーの首につけられていた椅子を外し始めた。

「ようこそいらっしゃいました。大聖女さま」

流ちょうな言葉で、背の高い人物が頭を下げる。顔のつくりは人間とよく似ているけれど、目が金色だ。

「我ら地の民は、人間と随分と違うゆえ、行き届かぬことも多かろうと存じます。私は大聖女さま歓待役を申し付かりました、サナンと申します。何なりとお申し付けを」

「こちらこそ、お招きありがとうございます」

私とグラウは丁寧に頭を下げた。

地の民。そうか。よく考えたら、魔のモノって、私たちが勝手に言っているだけで、彼等自身は自分を魔のモノとは一言も名乗っていない。もちろん、彼等は私たちがそう呼んでいることも承知してはいるだろうけど、考えようによってはすごく失礼だったかも。

「ここから先は、私がご案内いたしましょう。ギェナーは元の姿に戻るまで、少々時間がかかりますので」

見ていると、ギェナーが青白い光に包まれて、ゆっくりと縮み始めた。

「本当に、サイズが変わるのね」

聞いてはいたけれど、やっぱり驚いてしまう。

「さすがに、これだけ大きさを変えるような変身はめったにいたしませんけれどね」

サナンは苦笑した。

「こちらへどうぞ」

「あれ？　ホマンは？」

「ホマンは、他に用事があるようです。ご心配なく」

「わかったわ」

そういえば、帝都を出てからホマンの姿を見ていない。ちょっと寂しい気がするけど、ホマンはあくまでも連絡係で、送迎はギェナーの担当ということなのだろう。そして、ここからは、サナンが案内と決まっているらしい。

あたりは黄昏時のような明るさだ。どこから光が来ているのだろう。おりてきた上の穴からではない。そこは、とてつもなく広いホールのような場所だった。床は石。天然の岩窟だろうか。

カツカツと靴音が響く。

「失礼なお話になるかもしれないのですが、サナンさまは、ずいぶんと流ちょうに私たちの言葉をお話しになられますね？」

グラウが丁寧に頭を下げながら、質問する。

「ああ。ホマンやギェナーは、まだ若いゆえ、ひとの世界の言葉がうまく扱えないのです。ただ、大聖女さまに会いたい一心で、人間の街まで出かけて行った者たちゆえ」

「まあ」

「もっとも、逆に私のように年を重ねると、言葉はわかるものの、出かける体力を失ってしまいます」

サナンは苦笑を浮かべた。

「さすがに、あの者たちのように、人間の街へ行くことはかないません」

「私も、まさか私の歌を聞きに来てくれるとは思っておりませんでしたわ」

私たち人間と魔のモノが交わるのは境界の森で、お互いにそれ以上踏み込むことはないと思っていた。こうして、お互いが行き来できて、しかも意思疎通が可能だなんて、思ってもみなかったことだ。

「不思議な風景ですね」

グラウは辺りを見回し、私の身体を引き寄せた。

完全に腰を抱かれている感じで、さすがに恥ずかしい。ただ、未知の空間にいるので、グラウの体温を感じていられることは、とても心強い。

「本当ね。どうしてこんなに明るいのかしら。光の魔術を使っていらっしゃるの？」

私はサナンに問いかけた。

「この辺りは、マナが濃くて、自然に発光するのです」

「マナって濃度が高くなると、光るの？」

そんなこと聞いたことがない。そもそも、高濃度のマナって自然界に存在するんだ。

「これが、さらに凝縮すると、あなた方が採掘する魔晶石になるのですよ」

「そうなんですね！」

そうか。マナは魔術の素となるものだ。空気中になんとなく漂っていて、私たちはそれを呼吸して取り入れて、自分の中にある魔力とあわせて魔術を使っている。私はあまり魔術のことについて詳しくはないけれど、昔、兄が熱弁していたような気がする。

マナの光は、ものすごく明るいというわけではないけれど、歩くのに不自由はない明るさだ。しばらく行くと通路のような場所に出た。

道幅はひとが並んで歩くのにちょっとだけ余裕がある。たぶん、馬車などは無理だろう。この国に馬がいるかどうかはわからないけれど。右側には光る壁。通路はゆっくりと左側にカーブしていた。天井も青白く発光している。

またしばらく行くと左側の壁がなくなった。

「街？」

道は右側の壁に沿って、ゆっくりと弧を描いている。左側には、すり鉢状に下に落ちていくような形で、街と思われる灯りがともっている。かなり深い。

「こちらがいわば最上階となっております。街はこの下に広がっていて、底はかなり深いですね。王宮はもうすぐですよ」

サナンの案内で、私たちは、壁際の道を進んでいくと、道が二つに分かれていた。

「こちらです」

気が付くと道が青色に発光している場所に出た。

「すごい。道も光るのね」

魔道灯のような仕組みなのだろうか。それとも魔力が濃いから光っているのだろうか。

「大聖女さまを歓迎して、青色の道を作っております」

サナンがにこやかに笑みを浮かべる。と、いうことは、意図的に光らせているということなのだろう。

門と思しき場所の前に、子供くらいの身長の人物が立っていた。

サナンと何かを話した後、こちらを向いてゆっくりと丁寧にお辞儀をした。

「大聖女、ヨウコソ」

彼が後ろの扉をぽんと押すと、どういう仕組みかわからないけれど、そこの扉が消失した。

「え？」

目の前には、長い通路が伸びている。

ちょっと摩訶不思議すぎて、ポカンとしてしまう。

「こちらです」

サナンが立ち止まってしまった私たちを促す。

グラウだと少し頭の上の天井が気になるくらいの高さだ。サナンは、私と同じくらいだから大丈夫だけれど。つまり、ここのひと？　たちは、わりと身長が低いのかもしれない。灯りは天井が光っていて、ここは昼間のように明るくなっていた。

素材は岩だけど、天然窟ではない。明らかに岩をくり抜いて作られている空間だ。どうやってくり抜いたのかわからないけれど、相当な技術力がある。

「お食事をご用意させていただいております」

サナンの案内で、私たちは大きなホールに出た。ここの天井はかなり高くて、非常に明るい光源がある。まるで、昼間のような明るさだ。床はすべすべした素材の上に、赤い上品な絨毯が敷いてある。人の世界の城の光景と変わらない感じだ。

そして、一本の木からくり抜いた感じのテーブルが置かれていて、一番奥にサナンと同じくらいの身長の男性っぽい人が絨毯の上に座っていた。

ホマンの話では、彼等は父母から生まれないらしい。だから性別はないのかもしれないけど、見た目の印象は男性的だ。ちょっと線が太くて、がっしりした感じがある。そういえば、ここに来てから会ったひとは、みんな男性っぽい感じがした。

サナンが奥の人物に話しかける。言葉はよくわからない。どうやら、彼等の言語のようだ。

彼等との会話は『声』で聞こえるわけではない。口を開いていても、耳には聞こえない。ただ、私たちに話す時は私たちの言語を使ってくれていて、彼等の言語は別にあるらしい。ということは、これ、翻訳しているというより、音声変換装置なのかな？　ちなみに声？　の個性も反映されるみたいで、きちんと別の声に聞こえてくる。不思議な感じだ。よく考えたら、私たちが魔力を使わずに話していても、ホマンと会話はできた。

ということは、私たちの声は普通に彼等には聞こえているのだろう。

「大聖女どの。よく来てくださった。心から歓迎する」

彼の声は随分と低い。とても渋い感じだ。

「こちらこそ、お招きいただきまして本当にありがとうございます」

私は丁寧に頭を下げた。

「大聖女には、長きの間、素晴らしい歌を聞かせていただいていた。私はあなたを含め百人の聖女の歌を聞いてきたが、あなたの歌は実に素晴らしい」

玉座に座っていた人物が朗らかに微笑んだ。このひとが王だろうか。青色の太い眉毛。金色の目は、かなり大きくて、少し鋭い感じ。威圧感がある。まとっているのは艶やかな光沢を放つ衣だ。私たちの服とは明らかに構造が違う。基本は腰のところを帯で結ぶ形式のようだ。

「お褒めいただき光栄でございます」

私を含めて百人ということは、リイナも入れるとして、このひとは、国家創生の頃から歌を聞いているということになる。

見た目で年齢は全くわからないけれど。そもそも何歳くらいなのだろう？

「私の歌を聞いてくださるということで、あまりの嬉しさに参上いたしましたが、知らぬことが多く、何かとご迷惑をおかけするかと思います。よろしくお願いいたします」

本当にわからないことだらけだ。

現状、彼等の方が私たちのことを知っていると思う。まず、言葉を理解して話してくれているし、私たちの街に来て、どんな風に生きているかもある程度わかってくれているみたいだ。

逆に私たちは、彼等がどんなふうに生きているかも知らない。

「ここから境界の森はかなり遠いように見えましたけれど、ここまで声は届くのですか？」

グラウが不思議そうに質問をした。

ホマンは聞こえるようなことを言っていたし、魔力を込めて歌うとかなりの距離まで聞こえるのは事実だけど、さすがに地底までは難しいように思う。

「一応、ここにも届くように仕掛けがあるのだよ。ただ、みな外に行って聞いている。私も儀式《ステージ》の時間には外へ出るかな」

「ここから外に出てもかなり遠いように見受けられましたが？」

「我らは『魔力』で歌を聞きますから、『音』とは聞こえる範囲がたぶんあなたがたと違う。それに、ここからも地上に出れば塔は見えますよ」

くすり、と王は笑った。

言われてみれば、儀式《ステージ》のとき、塔から見える範囲全体に光があふれていた。ということは、かなり遠くまで聞こえていたということなのだろう。この辺りは山もないから塔が見えても不思議はない。ただ、やっぱり木などに登らないと塔を見るのは難しい気はするけど。

「ああ、それでもこうして、ここにお招きできるとは夢のようだ」

「私もですわ」

社交辞令ではなく本当にそう思う。

「歴代聖女はそれぞれ素晴らしかったが、あなたの歌は、誰よりも画像がはっきり見える」

「画像？」

「え？　見えませんか？」

王が驚きの声を上げる。

「優れた歌い手ほど、画像が鮮明に見えるのだが」

私とグラウは顔を見合わせた。もちろん呪歌は、感情に働きかける効果がある。心の中で何かイメージを呼び起こすことがあるのも事実だ。

彼等は魔力で歌を楽しむ。歌の楽しみ方、聞こえ方が違うのかもしれない。

歌い手の心の変化を嫌うというのも、そのあたりにあるのかも。

「今日は、お疲れになられたでしょう。独演会《リサイタル》は明日です。お食事をご用意させていただきましたので、どうぞお召し上がりを」

王が頷くと、数人が、お盆にたくさんの食べ物を持ってきてくれた。彼等は農業をしないようで、ほぼ森で採取したものばかりのようだ。火の通った料理もあったけれど、ちょっと味が薄い。たぶん、調味料というものがあまり存在しないみたい。ただ、新鮮な果物は本当に味が濃くて、びっくりするほど美味しかった。

食事が終わった後、サナンが私たちを再び、通路の方へと案内してくれた。

「あの。明日の独演会《リサイタル》はどこでやるのですか？」

「専用の会場がございます。もともとは、聖女の儀式《ステージ》をここにいたまま観覧できるように作った施設だったのですが、みな、結局外に行きますので、あまり使われておりませんでした。ホマンの話を聞きながら、人の世界のものに似せた会場に作り変えてございます」

サナンがにこりと笑った。

「まあ。見せていただいても構わないですか？」

「よろしいですよ。あわせて、街をご案内します。どうぞ」

私たちはサナンに連れられて、独演会《リサイタル》の会場を見に行くことになった。

地の国というだけあって、上を仰いでも空は見えない。ただ、何かの装置を使うと、地上には簡単に出られるようになってはいるらしい。それを使って、外に出て、みんな聖女の歌を聞いてくれるということだ。ちなみに、境界の森一帯の地下に地の国は広がっているらしい。

「かなり広いのですね」

「はい。多分、あなた方の街と同じ、いや、それ以上に大きいかと」

すごいな、と素直に思う。帝都カルカは、大陸でも大きい部類に入る都市だ。

ちょっと見ただけだからわからないけれど、魔術的なものに関しては、私たちよりはるかに優れた技術を持っているようにも見える。

好きな形に変身できて、めちゃくちゃ強いし、寿命も長そうだ。

「もっとも、私どもがこうして街を作り発展できたのは、ひとえに聖女さまの歌があったからです」

「……そうなのですか？」

「なんと言えばいいのでしょう。私どもは『聖女』さまに活力をいただいて、初めて文化的な営みができるのです。それがなければ、私どもは『ここに在る』意味を見失ってしまうのですよ」

サナンは神妙に答える。

なんだか、よくわからない。

「新しい聖女さまも素晴らしいのですが、大聖女さまの歌は本当に我らの活力となりました」

「ありがとうございます」

私たちと彼等が違うのは、最初からわかっていることだ。

どこがどう違って、どこがどう同じなのか。それはおいおいお互いにわかっていけばいいと思う。

とりあえず、彼等も私たちも『音楽』を楽しめることに間違いないのだから。

「こちらへどうぞ」

サナンは行き止まりっぽい壁の前に私たちを案内すると、壁の一部に手を触れた。すると、壁がなくなって、小さな部屋が現れた。

私たちはサナンとともにその部屋に入った。すると何もなかったはずの空間にまた壁が現れた。

「ここは？」

「魔道昇降機です。地上と地下の移動に使用します」

「魔道昇降機？」

どうやら、この小さな部屋が上下に移動するので、階段を使わなくてもいいらしい。魔術で動かしているらしいんだけど、仕組みは見た目では全くわからない。ネイマールとか兄が見たら、狂喜しそうだ。

動いている感じはよくわからないけれど、不思議な浮遊感はあった。

「こちらの魔道昇降機は、王室専用ですので、一般のものは使いません」

「いくつもあるの？」

「はい。こちらはせいぜい十人までででございますが、中央昇降機は、五十人乗りでございます。あちらは、一部が窓になっていて、街の風景がよく見えるようになっておりますが、いつも混みあいますので、大聖女さまにご覧いただくことはむずかしいのですけれど」

サナンに促され、その小さな部屋を出ると、そこは、街の真ん中あたりの場所らしい。上にも、下にも、無数の明かりが灯っている。

ここは、どうやら、展望台のようだ。階段の踊り場のような感じで、柵があって、周りを見渡せるようになっている。

眼下に通路がのびていて、たくさんのひとが歩いていた。

「このあたりは民家などが多い階層になっております。この上が官庁、この下は、商店といった感じですね」

「移動はみんな、魔道昇降機を使うのですか？」

「いえ。少しの移動でしたら、階段も使います。あと魔道通路というのもありまして、昇降機よりは時間がかかりますが、そちらは混みあい方が少ないので、そちらを使う者も多いですね」

サナンの指さした方角に光る道があった。くるくると螺旋を描いて、上から下へとつながっていて、たくさんのひとがそこに立っている。

「うわぁ、すごいですね！」

私は思わず驚きの声をあげる。

「ああ、あまり大聖女さまは身を乗りだしたり、声をあげたりなさいませんように」

「え？　す、すみません」

思わず興奮してしまったことに気が付き、私は慌てて柵から一歩下がった。ひょっとして、何か危険だったのかしら。

「いえ。大聖女さまがここにおられると皆にわかりますと、混乱が起きますので」

「なるほど。警備上の問題、ということですね」

グラウが頷く。

「はい。中には、熱心すぎる者もおります。あなたにお会いしたいあまりに無茶をする者がいないとも限りませんので」

「まあ、本当ですか？」

ちょっと信じられない。歌っていない私にも興味があるのかしら。それとも、歌って欲しいってねだったりするってこと？

「この国の民は、大聖女さまが思われている以上に、あなたの歌を愛しているのです。禁忌を冒して国境を越え、あなたの歌を聞きに行ってしまう者が何人も現れたくらいなのですから」

サナンが諭すように指摘する。

「あの……では、やはりホマンのしたことは、いけないことなのですか？」

「いいえ。別段、法で禁止されているわけではなく、長年の不文律のようなもので」

サナンは苦笑を浮かべたようだ。

「我々と、人間はおそらく相互理解の難しい種族。主な原因は、意思疎通形態の違いにありますけれども。ゆえに基本は不可侵が望ましい」

「でも……」

「わかっております。あなたがたは、魔晶石が欲しい。あれは我々地の民の生活の営みの中で濃くなったマナが結晶化したものです」

そうなんだ。彼等がここで生活をしているからこそ、魔晶石は森で採掘できるということだったんだ。

「そして、我々は聖女さまの音楽がなければ、森の獣、いえ、それ以下です。そういう意味で、お互い、共存していると言えましょう」

サナンの話はよくわからないけれど。聖女の歌を聞いて、彼等は生きる『意味』を見つけている、ということなのかもしれない。

「幼体の場合、聖女の音楽に飢えると、歯止めが利かぬところがありましてね。それがさらにあなたがたと共存が難しいと思われてしまうかもしれません」

サナンは複雑な表情で首を振る。

そうか。『侵攻』は、聖女の音楽に飢えているってことなんだ。

「ホマンが言うには、幼体は変化が苦手とか」

「そうですねえ。我々も変化は得意ではありません。しかし、成体になると、活力を失って活動力が低下するんですが、幼体は一時的に活発化してしまうのです」

はっきりとはわからないけれど、聖女の歌に影響を受けるけど、成体は攻撃的にはならないということかな。

つまり、私たちが戦っていたのは、幼体ということだ。それにしても、幼体と成体、見た目が違いすぎる。幼体はなんだか影みたいな感じだけど、サナンたちは人間に似ているし、しかも姿を変えられる。本当に不思議だ。

「では、会場へご案内しましょう。もう一度、昇降機の方へ」

「はい」

私たちは再び昇降機に乗った。会場は最下層部になるらしい。

わずかな浮遊感のあと、私たちは、小さな広間のような場所に出た。階段や通路なんかがここに集まってきているようだ。

灯りは天井から光がもたらされていて、とても明るい。

「ここは、この街の底にあたります」

街の最深部に作った施設を、私の独演会《リサイタル》のために改良したという。

「どうぞ。こちらへ」

サナンは目の前に作られた、大きな扉を開き、パチンと指を鳴らした。

真っ暗だったそこは、明るい光りに満たされた。

「すごい」

「広いですなあ」

私とグラウは目の前に現れた風景に驚いた。

会場はとてつもなく広かった。

半円のすり鉢状で、舞台が一番低いところにある。観客の座る椅子は岩石で作られた作り付けだ。

「兵舎の講堂の十倍より広いですね」

グラウがため息をつく。

「本当。すごいわ。何人くらい入るのかしら？」

「そうですねえ。三万とかくらいでしょうかねえ」

「さ、三万！」

私は思わず叫んでしまった。十倍どころではない。

「そ、そんなに？」

「ええ、まあ。たぶん、この街のほとんどの住人と、上の森の幼体も来ますからねえ。それくらい入らないと話になりませんから」

当たり前のようにサナンは言うのだけど。

え？　ちょっと、それ、本気ですか？

「もちろん、照明その他、会場管理などのスタッフは必要なので、皆が皆、客ではありませんが、基本、全住人が来ると思います」

それって、すごすぎる。

「もっとも隣国からも来たいという話があるので、入りきらないかもしれません」

「隣国？」

「我らは地の国の民ですが、山の国、海の国などもございます。もっとも、我らほど人界に接してはおりませんので、ここほど発展はしていないのですけれどね」

つまり。私たちが知らないだけで、人間ではないけれど、文明を築く民が彼等の他にもいるということなのだ。なんだかすごすぎて、ちょっと想像できないくらいだ。

「本当に明日が楽しみです」

サナンがにこやかに笑みを浮かべた。

舞台から離れた一番後ろの席だと、たぶん私の声は聞こえても、顔はとっても小さくてわからないくらいだろう。

もっとも、『境界の塔』で歌ったときも私の姿はきっと見えていなかったのだから、同じことなのかもしれない。

明日のことを考えると、少し緊張し始めてきた。

「では、お部屋の方へご案内いたしましょう」

サナンに連れられて、会場を出た私たちは再び、昇降機の前に立った。

「え？」

壁が開いたとたん、思ってもみないひとたちがおりてきて、私は目を丸くする。

「あちゃ」

子供くらいの地の民に誘われておりてきたのは、ライラとギルバートだ。そしてその後ろにアリスの姿が見える。

「殿下！　どうしてこちらに！」

グラウが驚きの声をあげた。

「だって、世紀の独演会《リサイタル》だし、この国と交流するまたとないチャンスだろ？」

「あの！　私が無理を言ったのです。せっかくだから楽師がいたほうがいいって！」

アリスがギルバートを庇うように叫ぶ。

「楽師殿はともかくとして、両殿下、陛下はご承知ですか？」

グラウが眉間にしわを寄せた。

「母上には話した」

ギルバートは肩をすくめる。

「えっと。つまりは、陛下にはお話ししていないってことね？」

私は思わずため息をつく。

一応、ディア妃に話をしてあるのなら、それほど大混乱にはなっていないとは思うけれど。

甥たちと一緒にいた地の民が、不安げに私を見上げている。金色の目がくりくりした感じだ。

「大聖女、驚ク、喜ブ、思ッタ」

「えっと……ホマン？」

「そうなの！　よくわかりましたね、叔母さま」

ライラが驚いたようだった。

「あら。当たりなの？」

勘だったけれど、ちょっと嬉しいな……って思ったけど。

えっと。そうではなくて。

「勝手に来てはダメでしょう？　あなた方が勝手な行動をすると、皆が心配するわ」

「大変申し訳ありません」

アリスが泣きそうな顔で頭を下げる。

「仕方ありませんね。今さら帰すわけにも参りませんし」

グラウが肩をすくめた。

「言っておきますが、私は、ソフィアさまだけの護衛ですから。殿下たちに何があっても知りませんよ」

「グラウ！」

私は思わず、グラウの袖を引く。

「一番の問題は、帰った後、陛下が何をおっしゃるかです。それは、両殿下、お二人が責任を持って処理をなさいますよう。私もソフィアさまもそして、楽師どのも、巻き込んだりしないとお誓いくださいませ」

「大丈夫です！　既に父上が驚くほどの情報をたくさん仕入れつつ、彼等と交流を深めております。それに、びっくりするほど、稼ぎますから！」

「稼ぐ？」

ギルバートは、何を言っているのだろう？

「全ては、明日のお楽しみです！　叔母さま！」

ライラがいたずらっぽく笑った。

その日の夜は、合宿ムードになった。本当は、グラウと二人だけの部屋を用意してもらっていたのだけれど。

建前上、突き放してはいても、グラウとしてはギルバートとライラを放置しておくことはできない。というわけで。とっても広い三つも部屋のある客室に全員で泊まることになった。

地の国にはベッドがないそうで、絨毯の上にフカフカなクッションを敷いて、それぞれに掛け布をかけて寝るらしい。家具がないぶん、部屋が広く使えるということなのだろうな。

翌日は、遅めに起床して、午前中は、部屋でアリスと打ち合わせをした。

正直言えば、独唱より、絶対に伴奏があった方がみんな喜んでくれることはわかっている。だから、私からはもうこれ以上、三人にいろいろ言うのはやめにした。

ちなみに、ギルバートとライラとグラウは、ホマンと一緒に『設営が』とか言いながら、出て行った。

稼ぐと言ったのは本気らしくて、会場前の広場に、屋台のようなお店を作るらしい。

夕飯はみんなで早めに頂いて、いよいよ会場へ向かう。

会場前の広場は、まだ閉鎖中らしい。がらんとした空間のすみに、市場の屋台のようなものがあった。

屋台の前に、デフォルメされた女性の絵が描かれた大きな旗が飾られている。そして、テーブルの上には、それより小さい旗が置かれていた。そして、その隣には、光る棒と組みひもが並べられていた。

「この絵、ひょっとして、私？」

少々、若づくり、しかも可愛らしすぎる気がするけれど。

「はい。オレが描きました！　似ていますよね！」

「ああ。実に愛らしいです。もっとも、本物の方がさらにお美しいですけれど」

グラウが私の顔を見ながら、さらっと言う。

お願い。やめて。ちょっと恥ずかしいから。ギルバートがにやにや笑っている。

私は、思わず咳払いをした。

「えっと。この光る棒、どうするの？」

もちろん、この棒があるから私たちは意思疎通できるので、いらないとは言えないけれど。

「秘密です」

ライラがにっこりと笑う。

「ソフィアさま、とりあえず私たちは会場へ」

「ええ、そうね」

私とアリスは、三人を残して舞台の方へと急いだ。

舞台裏にある楽屋には、森の果実や花がたくさん届いていた。

「大聖女さまの歌を皆が楽しみにしております。危険なものなどはないように、こちらでもしっかり検査させていただいておりますので、どうぞご安心を」

「まあ。嬉しいわ」

歌を聞いてくれるだけで嬉しいのに、プレゼントまでもらえるとは思わなかった。

「本日は、満席になったというお話です。私も、関係者席ではありますが、非常に楽しみにしております」

サナンは静かに頭を下げる。

「え？　三万人も入ったの？」

にわかには信じがたい。そもそも、この街、いったい何人のひとがいて、そのうちの何人くらい来ているのだろう。

いくらなんでも、本当に全部の住人が来たってことはないとは思うのだけど。

私とアリスは半信半疑で、舞台袖から、会場を覗く。満席だ。びっくりするほど、満席だった。

さすがに震えがくる。もっとも、私が震えているのがわかるとアリスはもっと怖いだろう。

「気合いを入れていかないといけないわね」

そもそも、私は『境界の塔』で、不特定多数の彼等に歌っていたのだ。姿かたちがわかると緊張感が全く違うけれど、あの頃と同じようにすればいいのだ。

「将軍、遅いですね」

アリスが心配そうだ。

無論これだけの観客、しかも相手は魔のモノである。トラブルが起きたとしても、グラウ一人でどうにかなるものではない。ただ、彼女の気持ちはわかる。グラウがいると、なぜか安心できるのだ。

「なんだかんだで、ギルバートとライラを護衛しているのだと思うわ」

グラウはなかなか戻ってこなかった。

戻ってきたのは、開演直前。随分と疲れた顔をしている。

「二人は？」

「今、撤収をしています。まったくたいへんでした」

何かもめ事でもあったのだろうか。

「まったく。売り子の手伝いをさせられるとは思いませんでしたよ。ホマンやギェナーも手伝ってくれましたが、すごい勢いで売れていきまして」

「まあ」

まさかグラウが、いっしょにお店で働いていたなんて。ちょっと意外。

「ソフィアさま」

アリスが舞台の方へと歩いていく。

「ええ。すぐ行くわ」

私はアリスを見送って、そっとグラウに抱きついた。

「ソフィアさま？」

グラウの声が驚いている。だけど、私は胸に顔をうずめ、そのまま大きく息をする。

「震えているのですか？」

「はい」

グラウが優しく私の背をなでた。

「勇気をください。私に勇気を」

初めて、塔に着いたあの日のように。

「あなたなら、できます」

グラウはそっと私の額にキスを落とした。

私は目を閉じる。心が落ち着いてきた。

「行きます」

私は舞台に向かい、幕が開いた。

大きな歓声が巻き起こる。

歓声？

驚いた私の目に飛び込んできたのは、観客席で無数に振られている光の棒。

ああ、そうか。彼等は『無反応』だったわけじゃない。私が受け取れなかっただけなのだ。

アリスの伴奏が始まる。

観客席に揺れる、たくさんの光。

「お招き、ありがとうございます！　精一杯歌います！」

よく見ると、光っているのは、彼等の手だ。今まで、まったく見えていなかったけれど、彼等は私が歌っている間、こうして手を振り続けていてくれたのだと気づく。

アリスと二人だけだから、独演会《リサイタル》や引継ぎの儀式《ステージ》の時より、楽曲の印象はシンプルだとは思う。

それでも、彼等はあたたかく私たちを受け入れてくれた。

会場が一体となって、揺れる。眩しすぎるほどの光の海だ。

予定していた五曲はあっという間だった。いつまでも歌っていたいほどの高揚感。

「本日、最後の曲になります」

観客の惜しむ声が漏れる。

「私は、先日、聖女を引退いたしました。こうして皆さんにお招きいただき、そして再び、歌を歌わせていただきとても光栄です」

ここから先は、言わなくてもいいことだ。だけど、彼等にも知ってもらいたいと思った。

「聖女であった私を、ずっと護り続けてくれたひとがいました。私はそのひとが好きです。そのひとと、結婚します」

静かな沈黙があった。

アリスの顔が少し青ざめる。

「おめでとう！」

割れるような大歓声が巻き起こった。会場が、淡いピンク色の光に満たされた。

「あ……」

私は、息をのんだ。

彼等は、祝福してくれている。

アリスがにこやかに微笑んだ。私は彼女に頷く。

「ソフィアさま」

「では、聞いてください。『初恋』」

それは、古いけれど、ずっと愛されてきた曲。

塔の儀式《ステージ》でも何度も歌ったことのある、スタンダードナンバーだ。

アリスの美しいリュートの音色が流れ始めると、ざわついていた空気がしんと静まり返る。

舞台袖で見守ってくれているグラウを見ると、彼が静かに笑んだ。

私は全力で歌う。

金と青と白の光の海に満たされ、そして大きな歓声に包まれる。

地の民と私たち人間は、ずっと意思疎通は不可能だと言われていた。だけど、そんなことはない。

私たちは、音楽を通じてひとつになれる——鳴りやまない歓声を聞きながら、そんなふうに思えた。


翌日、私とグラウはギェナーに乗って帰ることになった。

ちなみに、ギルバートとライラ、そしてアリスは、ホマンに乗って先に帰った。ホマンは、コウモリでもふくろうでもなく、ミミズク。その微妙に違う変身の意味するところは、よくわからないのだけれど。

私たちはたくさんの人に見送られ、再びギェナーに乗り込む。

「大聖女さま、ありがとうございました」

例の入り口まで見送りに来てくれたサナンが丁寧に頭を下げた。

「サナンさんには大変お世話になりました。陛下にもよろしくお伝えください」

「はい。お元気で」

サナンに別れを告げて。ギェナーがふわりと羽をはばたかせた。

黄昏色の空へと飛び立ちながら、私は私たちを見送る光に向かって手を振る。

本当にこれで、終わる。そう思うと自然に涙がこぼれた。

「大丈夫ですか？」

「いえ。もう、これで聖女の法衣を着ることもないかと思って」

「そうですね」

グラウが苦笑をしながら、私の頬に手を触れる。

「その衣装をまとっておられると、どうしても手を触れてはいけない気がしてしまいます」

実際には、もう聖女を引退しているし、兄とグラウとの取り決めごとは、すでに過去のものなのだけれど。

「時代は変わりますね」

遠くなっていく光を見つめながら、私はグラウにもたれかかる。

魔のモノの国、いや、地の国が身近になり、きっと聖女の在り方も変わっていく。

「そうですね。そして、ようやく、私はあなたを妻にできる」

グラウが私の耳元で囁く。

「はい」

小さく頷くと、グラウの唇が私の唇に触れた。

「あ」

顔が熱い。さすがに誰も見ていないとわかっていても、恥ずかしい。

「聖女の法衣のあなたにするキスは、背徳の味がします」

いたずらっぽくグラウが笑う。

「知りません！」

私は思わず顔をそむけた。

それでも。グラウに肩を抱かれて、彼の体温を感じ続けるのはとてつもなく安心できる。

やがて、帝都カルカの街が見えてきた。宮殿のひとたちが私たちに手を振っている。

「大聖女、、宮殿着ク。ツカマル」

「ええ」

ギェナーは来た時と同じように中庭に音もたてずにふわりとおりた。

「ありがとう。ギェナー」

「大聖女、独演会《リサイタル》、素敵。感謝」

「うん。あなたのおかげね。お疲れさま。また、遊びに来て」

「約束！」

ギェナーは嬉しそうに答え、空へと戻っていった。

「ご苦労だったな、ソフィア、グラウ」

ギェナーを見送ると、兄が、笑顔で出迎えてくれた。

「息子と娘が世話をかけてすまなかったな」

「商魂たくましい皇太子殿下ですね。陛下よりよほど、商才がおありかと」

「まったくだ」

兄は肩をすくめた。

「勝手に交渉して、勝手に外交して商売までして帰ってきおった。叱ろうにも、持って帰ってきたものがあまりにも高額でな。まいった」

地の国で開いたお店は大好評で、完売したらしい。あちらの貨幣はこちらで使えないから、その分の魔晶石と、金に換えてもらったらしいのだけど、かなり高額になったとか。

それに、楽師のアリスが来てくれて、独演会《リサイタル》が良いものになったのは事実だ。兄としても咎めにくいだろう。

「叔母上！」

先に帰っていたギルバートとライラが走ってきた。

「おかえりなさいませ」

「お説教は終わったの？」

「ええ、まあ。ネイマールが一番しつこくて」

ギルバートが苦笑する。

ネイマールとしては、自分も行きたかったクチだから、そりゃあ、そうなるかもしれない。

「そうそう。ソフィア、お前、街で一度歌を歌ったそうだな」

兄が思い出したように私にたずねる。

「はい」

アリスと一緒に歌った時のことかな？　それがどうしたのだろう。

「お前の歌をもう一度聞きたいという請願書が来ていてだな。できれば、近日中に帝都の劇場でだな……」

「陛下？」

なんかそれ、雲行きが怪しい気がするのは気のせいだろうか。

「待ってください。父上」

ギルバートが、兄を制する。

「地の国の王は、数か月後にもう一度、叔母上に独演会《リサイタル》を開いてほしいと言っておりました」

「え？」

ちょっと待って。

どういうこと？　私、聖女を引退したはずなんだけど？

「そうそう。その時はぜひ、結婚式のセレモニーを地の国でしないかとのお話で」

「え？」

ギルバートってば、いつのまにそんな話をしていたの？
それに、私、地の国で結婚式するってどういうこと？
グラウと私は、顔を見合わせる。
四十を過ぎても、人生は不思議なことばかりだ。
私はグラウに肩を抱かれながら、思わず苦笑する。
ひょっとしたら、これからもずっと聖女と呼ばれるのかもしれない。そんな気がした。

【建国祭】

グラウ十七歳

建国祭を明日に控え、私はブロンデル将軍に呼び出された。

一年前に叙勲を受けたばかりで、まだ何の軍功を挙げたわけでも、大きな失態をしたわけでもない。

現在の私は、一応騎士で騎兵には違いないが、ほぼ帝都の見回りをしているだけだ。

将軍に顔はおろか、名すら覚えてもらっているとは思えぬ新米の騎士である。名指しで呼び出される理由に心当たりはなかった。

「グラウ・レゼルト、参りました」

将軍の執務室の前で名乗った後、敬礼する。むろん扉は閉まったままだから、相手には見えていない。だが、そんなことに気づかないほど緊張していた。

「入れ」

低い声が扉の向こうから聞こえた。

私はこわばる身体を無理やり動かして、部屋に入る。

大きな部屋だ。

執務机の上には、たくさんの書類が積み重ねられ、そのむこうに渋い顔をした赤い髪の男がいた。

ブロンデル将軍である。

剣聖と称《たた》えられ、近隣諸国にも名を響き渡らせているひとだ。大きくてがっしりとした体。年齢的には、もう五十に近いはずだが、少しも衰えを感じさせない。目はどちらかといえば細い方だが、こちらを見つめる眼光は鋭く突き刺さるかのようだ。

「そのように緊張をせずとも良い」

将軍は私の顔を見て、にやりと笑みを浮かべた。

「騎士隊の入隊試験での、そなたの剣技、実に見事であった」

「恐れ入ります」

私は慌てて敬礼をする。

騎士になるには、筆記と実技の試験と、金が要る。金がなければ、従者にはなれても、騎士になることは難しい。逆に金とツテがあれば、実力が少々足りなくても、騎士になることは可能ではある。身内に騎士がいると有利と言われるのはそのあたりが原因だ。

ただ、そんな条件で騎士になる者ばかり増えては、軍は弱くなってしまう。騎士は貴族の名誉職ではないのだ。ゆえに、筆記や実技の実力が際立ちさえすれば、試験官の推薦を受け、金を納付せずとも叙勲を受けることができる。

私はそのような推薦枠の騎士だ。

私の家は貴族とは名ばかりである。父も騎士ではあったが、体を壊して引退してからというもの、生活は困窮し、軍とのつながりも失ってしまった。父のあとを継ぐといっても、簡単にはいかず、騎士になるためには、力をつけるしかなかった。そうでなければ、ここに立つことはできなかったのだ。

もっとも、推薦枠の騎士というのは貧乏人の代名詞でもあるから、周囲の評価は厳しい。騎士になっても家格はついてまわるものだ。

そんな毎日であったから、余計に歴戦の勇者である将軍に剣技を褒められるのは、とても嬉しかった。

「明日は建国祭で、夜には城内で晩餐会がある」

「はい」

もちろん知ってはいる。建国祭の晩餐会は、皇室主催のパーティの中では、もっとも招待客が多い。貴族と名がつけば誰でも出席可能とまで言われているほどだ。

とはいえ、建前として出席可能であっても、みながみな出席するというものでもない。出席するには、それなりに身なりを整えねばならないし、コネもツテも必要だ。

「晩餐会に参加し、ある方の護衛をしてもらいたい」

「護衛でございますか？」

随分と不穏な香りがする。

無論、普通の任務であれば、将軍に呼び出されることはないだろう。護衛と言うからには、誰かが誰かに狙われているということだ。皇室主催の晩餐会で、何が起こるというのだろう。

「まだ、何かが起こると決まったわけではない」

コホン、と将軍は咳払いをした。

「君ならば、まだ誰にも顔を知られていないから都合がよいのだ」

ブロンデル将軍は肩を少しだけすくめた。

「杞憂ですめば、それにこしたことはない。逆に、杞憂であるなら、絶対に護衛をしていることを誰にも知られてはならんのだ」

「つまり、周囲にはわからぬように、護衛するということでありましょうか？」

私の問いに将軍は頷いた。

「ああ。護衛をつけたことがわかると、火のないところに、火をつけてしまう可能性が高くてな。だからと言って、安全とも言えず、放置することもためらわれる」

将軍の表情は苦い。

つまり、悪意があるのではないかと『疑う』ことで、現在の何かのバランスが壊れる可能性があるということらしい。

「それで、いったいどなたの護衛を？」

これは要望でなく、将軍の命令であるから、私に断るという選択肢はない。持って回った言い方を将軍がしているのは、それだけ複雑な事情が背景にあるということであろう。

「皇女、ソフィアさまだ」

「ソフィアさま？」

皇女のソフィアは、今年十六歳で、社交界にも正式にデビューしたと聞く。確か、皇太子のルパートとは腹違いだった。ソフィアの母は既に亡くなって四年ほどたつはずだ。

「大変だとは思うが、ソフィアさま本人にも気づかれないようにしてほしいとの陛下の仰せだ」

「ご本人にも内緒でございますか？」

つまり本当に秘密裏に『護衛』するということだ。

「陛下は、ソフィアさまの母、レナリアさまは殺された可能性があると思っておられる。そして、それが真実であれば、ソフィアさまもまた、狙われる可能性があるとお考えだ」

なるほど。

ソフィア皇女の母、レナリアは、事故死だった。もっとも、かなり不審な点が多かったという噂だ。その背景には、皇帝とデソンド公爵家の政争がある。

そもそも皇帝とレナリアとの恋は、当時専横を極めたロバート・デソンド公爵への皇帝の反抗の一歩だったともっぱらの噂だ。

レナリアの事故の後、皇女は宮殿に引き取られた。皇女は、皇帝の『脱デソンド公爵家』の象徴でもある。

その後ロバート公も亡くなり、当時に比べ、公爵家の力はかなり衰えた。ただ、それゆえに憎しみの矛先が、残された皇女に向けられてもおかしくはない。

だからといって、おおっぴらに皇女を隠したり、護衛をつけたりしては、公爵家への不審感をあらわにすることになる。デソンド公爵家は皇妃であるメアリー妃の実家だ。皇帝としても、これ以上の関係悪化は避けたいのだろう。

「現在、ソフィアさまと皇太子ルパートさまのご兄妹のご関係は非常に良好だが、それが崩れる可能性もある。陛下はそのことも気にしておられる」

ようするに。

ソフィアが母の死に疑念を抱くことになれば、腹違いの兄との関係も崩れる可能性がある。それは結果として、ソフィアの味方を減らすことになるのだ。

「君には一日、私の従卒として、晩餐会に参加してもらう。そして、ソフィアさまの護衛を頼む」

「承知いたしました」

私は敬礼を返した。


将軍つきの従卒なので、晩餐会といっても、私は軍服である。目立たぬようにと言われても、きらびやかな礼服の中では、かなり目立つという実に矛盾した服装ともいえる。

とはいえ、軍服以外で参加しろと言われても正直困っただろう。

無論、晴れ着の一枚くらいは持っている。だが、さすがに皇族の主催するような会場で着るにはかなり気後れするものだ。

周囲の男性の服は女性のドレスほどではないにせよ、やはり上等な絹織物で、各所に意匠を凝らしたものだ。真の紳士というものは、最先端のオシャレを追求するとされている。さりげなく身に着けているアクセサリーなども、高級なものだ。とてもではないが、貧乏貴族の晴れ着では、やはり貧素で、惨めだろう。

ちなみに、ブロンデル将軍も私と同じ軍服であるが、着こなしが違うのか、随分と垢ぬけて見える。体格もそれほど変わらないと思うのに、何かが違う。人間の格の違いというやつかもしれない。

城の一番大きなホールの眩しい魔道灯の下、着飾った男女が優雅に踊る。楽師たちが音楽を奏で、給仕人たちが、ワインを配って歩く。壁際には、警備をしている私と同期の騎士の姿が何人か見えた。

「レゼルト、要人の顔をしっかり覚えておけ。今回の任務だけではなく、今後の仕事の役に立つ」

「はい」

将軍は、私についてくるように告げ、会場を横切る。

「将軍、相変わらずですな」

「これは宰相閣下、お久しゅうございます」

護衛と関係なく、将軍は次々と挨拶をしていく。従卒である私は、黙したままで、要人と言葉を交わしたりはしない。ただ、将軍の後ろに立ち、一人一人を記憶に刻んでいく。

考えてみれば、騎士である以上、国の要人の顔を覚えることは大切だ。ブロンデル将軍の言うとおり、今後の仕事のためにもなるだろう。

もっとも、一日でこれだけの人数の顔となると、さすがに全員覚えていられるのか不安だが。

「陛下、この度はお招きいただきありがとうございます」

ブロンデル将軍が皇帝に挨拶している間、ずっと離れた場所で控えながら、皇帝の顔を盗み見た。

皇帝は思った以上に鋭い目をしている。将軍と会話をしながらも、私が皇女の護衛につくことを知っているのか、こちらへの視線を感じた。しっかりと値踏みされているようで居心地が悪い。隣のメアリー妃は、噂ではかなり高慢な女性という話だったが、表面上はそこまで感じなかった。どちらかといえば、誇り高くあろうと自分を律しすぎている女性のように感じる。そのせいか綺麗ではあるものの、張り詰めていて笑顔ひとつ作る余裕もないようだ。これでは、周囲にいる人間はかなり疲れるのではないかと思う。

もっとも、将軍の後ろについて、ただその会話を漏れ聞いているだけだから、実際のところはわからない。

皇太子のルパートは、両親より柔らかく懐っこい印象を受けた。もっとも、軟弱という感じはない。あと数年もすると、たくましい帝王の顔になるのかもしれない。

護衛対象である皇女、ソフィアは、実に美しかった。

結い上げた銀の髪。大きな青い瞳で、白いドレスがとても似合っていた。

ただ、社交界に慣れていないせいなのか、表情は硬くこわばっている。

ひととおり挨拶が終わると、将軍は皇族のそばを離れた。

それを合図に、私は将軍と別れ、ソフィアを見守れる壁際へと移動する。

できるだけ距離を保ちながら、それでもいざという時には駆け寄れるほどの距離というのは、思ったより難しいものだ。

様々な要人たちの挨拶が一通り終わると、ソフィアはそろそろとひとの輪から離れ始める。

あれほど美しい皇女であるのに、誰もダンスを申し込まないのが不思議であった。

皇女ゆえ、軽々しく声をかけられないというのもあるだろうが、ひょっとしたら、それ以外に理由があるのかもしれない。

ソフィアは、いつの間にか壁際に立っていた。まさかの壁の花である。好きで離れているというのもあるだろうけれど、その目はどこか寂し気な色を帯びている。

なぜだろう。

「おい」

突然、声を掛けられ、振り返ると皇太子が私を睨みつけていた。

「で、殿下！」

慌てて頭を下げる。

「お前、ひょっとして、ソフィアに何かしようとしているのか？」

「と、とんでもありません」

しまった。目立ってはならぬのに、なんという失態だろう。

よりによって、皇太子に気づかれるとは。

「ブロンデル将軍の従卒だろ？　なぜ、将軍から離れる？」

片眉をあげ、私をじろりと睨みつける。

「……将軍も、私がおりますと羽が伸ばせませんので」

視線を将軍に戻すと、運の良いことに将軍は女性と話していた。むろん偶然だが、助かったと思った。

「なるほど。気を利かせたというわけか」

ふうむ、と皇太子は顎に手を当てる。

「お前、騎士隊の入隊試験で、十五人を倒した推薦枠のやつだよな？」

「え？」

皇太子が、どうしてそれを知っているのだろう。

「やっぱりそうか。見ていたからな、俺も」

にやりと皇太子は口の端を上げた。

「あたりまえだろう？　俺は皇太子だ。使えそうな騎士の目星をつけておくのも、大事なことだ」

なるほど。為政者として、正しい視点なのかもしれない。

「それに、ブロンデルの従卒の顔くらい覚えている。将軍の従卒は、ここ三年くらい変わっていない」

どう答えたらよいのだろう。下手に言い訳するくらいなら、黙っていた方がいいのかもしれない。

「大丈夫だ。気づいているのは俺と父上ぐらいだ。お前、ソフィアの『護衛』なのだろう？」

思わず皇太子の顔をまじまじと見る。

「そんな顔をするな。もう少し表情を隠せ」

皇太子は苦笑した。そんなに驚いた顔をしていたのだろうか。私は慌てて真顔を作った。

「そもそも父上にソフィアに護衛をつけたほうがいいと言ったのは、俺だ」

どういう意味だろうか。

「ソフィアに声を掛けようとする男がいないのには気づいたな？」

「はい」

「みな、母上の目を、あえて言うならデソンド公爵家を恐れているからだ」

「なるほど」

彼女はメアリー妃にとっては、憎むべき存在だ。そして皇帝と公爵家の抗争の象徴でもある。不用意に近づいて、いらぬ火の粉を浴びたくないというのは、わからなくもない。だが、あれほどに美しい姫君が、壁際に立ったままというのはやはり不思議だ。もっとも、ちらちらと視線を送っている人間は多いようだ。

「ソフィアに害をなそうとする者がいるかどうかはわからん。まあ、壁の花をしているうちは安全だろうと思う。ただ、花に手をのばす奴が現れた時、公爵家が動く可能性があると思っている」

「ひょっとして、それを待っていらっしゃるので？」

ソフィアを餌に、公爵家の動きを待っているようにも見える。デソンド公爵家と皇帝が権力争いをしているのは口に出さないだけで誰もが知っていることだ。ソフィアに手をのばすということは、はっきりと『皇帝』につくと決めた証ともいえる。

「まさか。少なくとも、俺はソフィアを護りたいだけだ。父上はどうか知らぬが」

皇太子は肩をすくめてみせた。皇帝はともかく、皇太子にとってデソンド家は母の実家である。ソフィアを疎ましく思ったりはしていないのだろうか？

「任務中悪かったな。ただ、従卒ならひとの輪の端に立っていた方が目立たん。お前のように壁際にいたら不自然だ。気をつけろ」

「……恐れ入ります」

私は頭を下げ、ゆっくりと移動した。皇太子の言う通りかもしれない。

従卒は『誰か』の後ろに立っているのが普通なのだ。ひとの輪から離れて立っていたら、さぼっていることがまるわかりである。そもそも、こういった場に慣れていないので、そんなことまで気が回らなかった。

視線を向けると、ソフィアは相変わらず一人でいる。

皇太子も妹が気になるならば、そばにいてあげればいいものを、とも思うが、常に兄にそばにいられたとしたら、それはそれで彼女としては辛いのかもしれない。そもそも、彼女はもう十六歳。兄にべったりという年でもないだろう。

皇太子は、見かけによらず、かなり計算高いようだから、彼女に『声』をかける男を政治的に自分の味方にしたいくらいのことは考えている可能性がある。

そんなことを考えていると、急にソフィアが辺りを見回し始めた。明らかに挙動不審だ。

ゆっくりと彼女に近づく。

すると。

彼女が急に動き始めた。

慌てて足を止め、顔を背けてみた。

ひょっとして、気づかれたのだろうか？

いや。違う。

ソフィアは、こちらをまったく見ずに、庭の方へと歩き出した。

広いホールに面した中庭への扉は開放されている。

人ごみに疲れたのか、それとも、喧騒の中に一人でいることが辛くなったのかもしれない。

気持ちはわからなくもないが、若い女性が一人で庭に出るというのは、どうなのだろう。むろん、彼女にとっては、よく見知った場所であるから多少暗くても平気なのだろうけれど、酒の出ている宴で人の少ない場所というのは、危険でもある。まして、狙われているとすれば、絶好のチャンスを相手に与えることになりかねない。

だが、中庭に出ると、彼女はどんどんひとのいない方へと歩いていく。このまま、自分の部屋に戻るつもりだろうか？

気持ちはわからなくもない。ただ、さすがに建国記念の晩餐会は皇族がホストである。すでに社交界にデビューした彼女が、勝手に部屋に帰ってしまうのは、のちのち立場が悪くなるような気がする。

かといって、本人に護衛が付いていることを知られてはいけない以上、声を掛けるのもまずいし、そもそも、従卒が皇女にしたり顔で意見するのもどうかと思う。

とはいえ。人のいないところに行けば行くほど、従卒の私がついていくのは、どう考えても不自然だ。

しかし、もし彼女が狙われているならば危険である。それにいくら宮殿の中とはいえ、酒が入る席だ。不埒《ふらち》な輩がいないとも限らない。幾重にも危険の可能性が待っている。

私はできるだけ彼女から距離を保ちつつ後を追った。

今この状況を見ている人間がいたら、どう考えても私を不審者だと思うだろう。美しい皇女に懸想して、職務を忘れて後をつける従卒。何もしなくても、首が飛びそうである。

中庭の照明は足元に置かれたランプのみ。もっとも今日は満月だから、かなり明るい。ただ、室内の魔道灯があまりにも眩しかったせいで、目が慣れるまでかなり暗く感じられた。

ようやく闇に目が慣れた頃。彼女は中庭のかなり奥にある噴水の縁に腰を下ろした。

空を見上げ、月を見ているらしい。噴水の水音がかすかに聞こえる。晩餐会の喧騒が遠い。

不思議なくらい静かだ。

突然、彼女が歌を歌い始める。

かなり控えめな小さな声だ。

囁くような声なのに、私の心に染みてくる。まるで、よどんだ世界をどんどんクリアにしていくような歌だ。

銀の月明かりにぼんやりと照らし出される彼女の姿は、今にも光の中に溶けてしまいそうに見える。か細くて、小さいけれど、月光のように清らかだ。

先ほども美しいと感じてはいた。だが、今の彼女は、人外の美しさだ。寂しげな瞳も、月色の光を放つ髪も、あまりにもはかなく、天に帰ってしまうのではないかと思わせる。

私は仕事を忘れて、彼女の姿に魅入った。

一枚の絵画を見ている、そんな気分だった。

がさり。草葉の揺れる音で私は我に返った。

位置は私のすぐそばの垣根だ。油断した、というか、いつの間にそんなところに気配があったのだろう？

私は目を凝らす。

にゃあ。

小さな鳴き声と共に現れたのは、白色の猫だった。垣根から伸びをするように顔を出す。

思わずホッとしたものの。

まずい。なぜか猫が寄ってきた。甘えた声を出しながら、私の方へとやってきて、足に顔を擦り付け始めた。

「シロ？」

にゃっ。

猫の鳴き声を捜していたのだろう。死角に立っていたはずなのに、ソフィアと目が合ってしまった。さすがにこの状態で、猫を振り払って、逃走すると怪しすぎる。

どうやらこの猫は、ソフィアの知っている猫らしい。彼女の呼びかけに、猫は返事を返す。私は隠れることを諦めて、猫を抱き上げた。

にゃあ。

満足げに猫が声をあげる。随分と人懐っこい。

猫の背を撫でながら、ソフィアに猫を差し出した。

「姫さまの猫ですか？」

「うーん。飼ってはいないのだけど。ここに住み着いているの」

彼女は猫を受け取り膝の上にのせた。

言われてみれば、ソフィア自身の猫であるなら、こんなふうに放し飼いはしないように思える。

貴人が動物を飼うことは珍しくない。だが、たいていは部屋で飼ったり、小屋で飼うことが多い。

こんなふうに庭で野放しというなら、ひょっとしたら、使用人の誰かがこっそりと餌をやっているのかもしれない。

「でも、珍しいわね。私以外のひとがいるときに出てきたこと、ないのだけど」

ソフィアの手が猫をなでると、気持ちよさそうにゴロゴロと喉を鳴らし始めた。

「そうなのですか？」

「ええ。兄の姿を見ると隠れてしまうの」

くすくすとソフィアは笑う。胸がドキリと音を立てた。

「ひょっとして、猫を飼っていらっしゃるの？」

「えっと。はい。まあ、昔ですが」

他愛もないやりとりに、しどろもどろになってしまう。任務を忘れてしまいそうだ。

「そう。だからね。猫は猫が好きなひとのことがわかるっていいますものね」

「皇太子殿下は猫がお嫌いなのですか？」

「そんなことはないと思うけど」

ソフィアは可愛らしく首をかしげた。

「兄は構いたがりなの。そのせいだと思うわ」

楽しそうに笑う。兄と妹の関係は良好だというのは、彼女の話を聞いても実感できる。

先ほどの皇太子の様子から見ても、本当なのだろう。

むしろ、ここまで二人の関係が良いというのは、ひょっとしたら、血のつながりのある皇太子と皇妃の関係は、あまり良くないということかもしれない。

ソフィアは猫の背を撫で続ける。月明かりに照らされた彼女の表情はとても優しい。先ほど浮かんでいた寂しげな光も消えていて、楽しそうだ。

不意に。

猫が頭をあげた。ぴょんと、彼女の膝から飛び降りて、茂みに飛び込んでいく。

足元がおぼつかなくてふらついている男が、こちらへやってくるのが見えた。

ただの酔っぱらいかもしれないが、男は明らかにこちらに向かってくる。

「姫さま。いつまでも外におられては、お風邪をめされます」

私はソフィアに会場へ戻るように促した。ソフィアも男に気が付いたようだ。

「そうね。ここにいると、叱られてしまうわね」

彼女は猫を下ろして、立ち上がる。

「おやおや、別嬪《べっぴん》さんがいらっしゃる。そんな若造じゃなく、私と話をしないかね?」

下卑た笑いを浮かべて、男はソフィアに話しかけてきた。

ソフィアは戸惑った顔を見せた。拒絶していいものかどうか、迷っているのだろう。

「ソフィア殿下。陛下がお捜しですので、早急にお戻りを」

「ありがとう」

あえて、名前を出して男の様子を見る。

「おいおい。そんなつれなくしなくてもいいのではないかね？」

ソフィアや皇帝の名を気にしていないようだ。皇帝の名に臆さなくなるまで気が大きくなっているほど、酩酊しているのだろうか。

こいつは、そこまで酔ってない。私は直感した。

理由はわからないが、明らかに、ソフィアを皇女と知って、わざと絡もうとしている。

酔っぱらいに絡まれることになると、本人に非がなくても、多少悪い噂も立つ。ちょっとした嫌がらせにはなるだろう。

「殿下、こちらへ」

私はソフィアを案内するように先導すると、酔っ払いの男にいきなり腕をつかまれた。

かなりの力だ。男の足が私の足を払おうと伸びてきた。それなりに腕に覚えがあるのかもしれない。

私は伸びてきた足を逆に払って、男を後ろへと突き放した。

「すみません。体勢を崩されたのであれば、素直におっしゃってくだされば手をお貸ししましたのに」

私の手をつかんだまま体勢を崩し尻もちをついた男に、私はニコリと笑みを向ける。

「あの」

ソフィアが心配そうに私を見つめる。

「殿下。酒の出る席でむやみに暗闇に来てはなりません。いくら知っている場所でも、危険がないとは限らないのですから。早々にお戻りを」

「はい。ごめんなさい」

彼女は慌ててひとのいる方へと走って行った。

「ふん。兵卒ふぜいが、余計な真似を」

男が憎々し気に私を睨む。

「オレを誰だと思っている？　後悔するぞ？」

なるほど。それなりに名の通った貴族らしい。皇女に酔っぱらって声を掛けることで、自分に傷がつくということまで気が付いていないようだけれど。

「おや。名乗っていただけるのですか？　そうしていただけると陛下にご報告する私としても、助かります」

正確には、陛下ではなく、将軍に報告するのではあるけれど。

「何？」

ぎろりと、男は私を睨んだ。

「オレは何もしておらんぞ！」

「はい。ですから、今回はこのまま手を放しても良いと思っておりますが、それでご不満とおっしゃるのであれば、一緒においでいただきましょうか」

実際、彼はたいしたことは何もしていない。私に喧嘩を吹っ掛けたくらいのことだ。

「ソフィアさまの名を聞いても、御無体を働こうとなさったということは、陛下に含むところがあると判断しても良いのですよね？」

「お前の方こそ、殿下に不埒な真似をしようとしていたのではないか？　オレに暴力をふるっておいて、ただで済むと思うな！」

「つまりは、状況をひっくり返すだけのかなり大きな後ろ盾がいらっしゃると？」

私は余裕ありげに笑んでみせた。

「なるほど。そうなれば私は全てを失うかもしれませんが、あなたもただではすみませんよ？」

「何？」

「私が殿下のお側にいたこと、偶然とお思いで？」

男の顔色が変わる。

「殿下に対する嫌がらせ行為。いったいどなたに頼まれたのですか？」

「知らん。何も知らん！」

男は立ち上がり、私の手を振りほどいて逃げ出した。

私は追うべきかどうか迷ったが、依頼は、ソフィアの護衛だ。

そのまま会場へと戻り、ソフィアを捜すと、皇太子と何か話をしていた。

私に気づいた様子もない。

おそらく、私の軍服は覚えていても顔は覚えていないだろう。

それは仕方ないことだ。

私にとっても、ただの仕事である。誇ることなど何もない。

だが、私は忘れないだろう。そんな気がした。


「酔っ払いに絡まれた？」

ブロンデル将軍は呆れたように目を見開いた。

晩餐会が終わり、私はブロンデル将軍と共に、軍の兵舎に戻る。かなり夜も遅いが、報告は済ませておかなければいけない。

「おそらく誰かに頼まれたのではないかと思います」

酔っ払いは、かなり自信ありげな様子だった。

「大方、ちょっとした騒ぎを起こすつもりだったのではないかと」

「ふむ」

将軍は執務室の椅子の背もたれに背を預け、顎に手をあてた。

「皇室主催の晩餐会で、招待客ともめ事を起こせば、皇女に非はなくても、あまり良い事は言われません。それが狙いだったのではないかと」

「……ガキかよ」

将軍は大きくため息をついた。

「とはいえ。そのレベルならたぶん、公爵家か皇妃のまわりの腰ぎんちゃくどもが気に入られようとしてやっていることだろう。命を狙っているわけではなさそうだ」

「生命に危険がないからと言って、看過できませんが」

「まあな。そいつがどこの誰かは、調べればすぐにわかる」

将軍は頷いた。

「いずれ陛下が厳重に注意なさるだろう。今回はよくやってくれた」

「はい」

私は敬礼をし、将軍の執務室を出る。

外には大きな月が輝いている。実に美しい月だ。

月明りに溶けてしまいそうな、美しい銀の髪の少女が脳裏に浮かんだ。
彼女を護る騎士になりたい。そして、彼女の笑顔を護れたなら。
何より、自分が騎士になった意味を見つけた気がした。

【狼】
グラウ三十四歳

『境界の塔』の兵たちの朝は、日の出とともにやってくる。

警備隊長といえども、それは同じだ。私は外套を羽織ると、塔周辺の見回りに出た。

吐く息が白い。

森の木々は色づき、木の葉が大地に降り積もる。冬はもうすぐだ。

既に兵たちが朝の作業を始めている。

兵役、といっても、魔のモノが攻めてこなければ、やることは軍屯と魔晶石の採掘である。

軍の戦闘訓練もするが、それはどちらかといえば、形式だけのものだ。

魔のモノの住む森と人間世界の境界線にある森のため、大きく森を切り開いたりすることは禁忌であるし、危険も大きい。ゆえに、『境界の塔』に住むのは、聖女を含む楽師関係と一部の使用人を除けば、ほぼ軍の人間だけに限定されている。

『境界の塔』は、聖女が住む塔と、軍の兵舎、使用人の住む宅地、わずかな耕作地と訓練用の広場を石造りの塀で取り囲んだ砦だ。

魔晶石の採掘場は、森の中に点在しており、基本的には塔から毎朝出かけていく形になっている。

いずれにせよ、夜の森は魔のモノの領土であるので、我々の活動は日中のみだ。

皇女のソフィアが聖女となってから十五年。

『境界の塔』周辺は平和そのものになり、かつて一番過酷とされた兵役であるが、今ではどの国境線よりも安定しているかもしれない。

兵たちの中には、ここで農業を覚え、兵役を終えた後、農業を始める者もいると聞く。

無論、森の中の砦であるから、魔のモノでなく、獣がやってくることもある。

特にこれからは、飢えた獣がエサを求めて砦周辺をうろつき始めたりするのだ。

直接人間を襲うことは少ないにせよ、熊や狼は脅威である。

「ふうむ」

砦の塀の外の道の落ち葉を踏みしめていた私は、木の葉が血で汚れているのに気が付いた。

この辺りは野生動物が生息しているので、別段珍しいことはない。ただ、かなり新しい。

そういえば、ここに来て長いが、魔のモノは夜行性のようだが、動物を捕食しているところを見たことはない。彼等は案外、草食なのだろうか。

圧倒的な強さを持つ彼等であるが、その生態は全くというほどわかっていない。

もちろん研究はされているが、軍としてはここでの生活を維持することの方が優先事項だ。

キャン。

小さな動物の鳴き声が聞こえた。

だめだ。見てはいけない……そう思ったのだが。

鳴き声の先に、仔犬のような生き物がいた。

こげ茶色の毛並みの見た目は完全に犬だ。脇腹が血に濡れている。

「狼だ」

鳴き声は甘えた仔犬だが、大きさは既に中型犬サイズだ。こげ茶色のこの毛並みは、完全に狼のものだろう。

見た目は可愛らしいが、まれに人を襲うこともある肉食獣だ。

キャン。

助けを求めるように、そいつは私を見る。

よく見るとかなりやせ細っている。傷はそれほど大きくはないようにも思えるが、狩りの出来る体力はあるように見えない。そもそも、狼は群れを作るはずだが、あたりに他の狼の気配は全くない。怪我をしたせいで、群れからはぐれてしまった子供の狼だろうか。

「いや、さすがにまずい」

思わず手を差し伸べようとして、私はためらった。

仮にも警備隊長の自分が、森で野生動物を拾って帰るというのは、どう考えても望ましい行動とは言えない。しかもこいつは狼だ。今は体が弱っているから、触れるかもしれないが、治ったら触れることはできないだろう。みなが恐れる狼である。

いや。そうか。

なにも、飼う必要はない。

手当だけしてやるくらいは、してやってもいいだろう。

私は、ゆっくりと狼の傷口を観察する。よくみると脇腹近くに小さな枝が突き刺さっていた。何かの拍子に藪か何かで怪我をしたのかもしれない。

枝を抜いてやって、軽く手を当てて、止血する。

くーん。

狼は狼らしからぬ甘えた声で鳴いた。

「群れに帰れるといいな」

私は狼の頭をなでると、そのまま塔に戻ることにした。


「隊長、何です、それ?」

門番が面白そうに私の足元を見ている。私は苦笑いを浮かべた。

何度も追い払っているのだが、先ほどの狼がずっと私を追ってきて、足もとにまとわりついているのだ。

「まいったな」

私はため息をつく。

「犬ですか？」

「いや。たぶん、狼だな」

「見かけは、ほぼ仔犬のようですね」

可愛くないと言えば嘘になるが、さすがに狼はまずい。

「随分と懐かれましたねえ」

「困ったな」

どこか遠くに連れて行って、置いてくるしかないのだろうか？

「あら？　どうかしたの？」

たまたま散歩中だったのだろうか。ソフィアがこちらへやってきた。

三十路を過ぎてもなお、相変わらず美しい。『境界の塔』の主ともいうべき聖女、ソフィアは、意外と好奇心旺盛なひとである。

聖女の責任感で、男性に対して非常に距離を置くひとだが、物事に対して無関心というわけではない。

「申し訳ございません。ちょっと、狼に懐かれてしまって」

私は頭を下げた。

「わ。可愛い！」

ソフィアは少女のように目を輝かせ、膝を折って腰を落とした。

「ソフィアさま？」

「おいで」

にこやかに笑い、手招きをする。

止めようとする間もなく、狼は嬉しそうにソフィアのところへ寄って行った。

「いい子ねえ」

ソフィアはためらうことなく、狼の頭を撫で始めた。狼は目をキラキラさせ、尻尾を振りまくっている。

「あら、怪我をしているの？」

腹の毛についた血に気づいたようだった。

「はい。枝がささっておりました。それを抜いてやったら、どうにも懐かれてしまいましたので」

「まあ。良いひとにみつけてもらったのね」

くすり、とソフィアが笑う。

私に対して言った言葉ではないが、胸がドキリとした。思わず顔が熱くなってきたが、慌てて表情を引き締める。

「怪我が治るまで、ここに置いてあげてはダメなの？」

狼の背を撫でながら、ソフィアが私に問いかける。

「無理です。こいつは狼ですよ？」

「でも、怪我をした子供でしょ？　可哀そうよ。ねえ、フルド」

ソフィアはよほど狼を気に入ったようだ。狼はくんくんと甘えた声で鳴いている。仕草はほぼ仔犬だ。それに、フルドって、ひょっとして、名前？　いつの間に？

「しかしですね」

狼は犬とは違う。森の王とも言うべき肉食獣だ。ひとに懐くわけが……いや、懐いてはいるのだが、危険である。そのような危険なものを砦の中に置いておくのは警備隊長として頷くわけにはいかない。いや、連れてきてしまった非は、私にあるのだが。

「では、こうしましょう」

ソフィアは立ち上がって、コホンと咳払いをした。

「怪我が治るまで、この子を私の権限で砦に置くことを命じます。私、森の狼をテーマに歌を作りたかったから、しばらく観察させてもらうことにするわ」

「しかし」

「これは、私の命令です」

きっぱりとソフィアは断言する。

この塔では聖女の命令は絶対に近い。

「わかりました」

私は頭を下げる。

狼はすっかりとソフィアに懐いてしまって、離れようとしない。

「さすがに放し飼いでは、皆が怖がります。檻に入れて面倒を看る、それでよろしいですか？」

「ええ。それでいいわ」

ソフィアは嬉しそうに微笑んだ。

「良かったわねえ。フルド。早速おうちをつくってもらおうね」

「承知いたしました」

私は部下を呼び、砦の片隅に狼のための檻を作らせることにした。


フルドと名付けられたその狼は、随分と人に懐いた。

人語を解するかのように賢く、凶暴さはまったくなかった。

ソフィアがフルドをモデルにした歌を聞かせると、うっとりとした目をして聞き入っていた。

そして、傷が治った後、森に放たれた。

時折、聖女が歌い終えると、狼の遠吠えが聞こえることがある。

魔のモノとともに、フルドもまた、森の中で聖女の歌を聞いているのだろう。

光り輝く森の中で。

あとがき

こんにちは。秋月忍と申します。この度は、「この度、私、聖女を引退することになりました」をお手に取っていただき、誠にありがとうございます。

ファンタジー世界の聖女というと、やはり少女のイメージがあります。世界を救う力を持つ可憐な少女が冒険や恋をする物語を想像される方が多いと思います。

衝撃的な話をしますと、この作品の聖女は四十歳です。

そして、タイトルを読んで、報復ものを想像された方もいらっしゃるかもしれませんが、実はアイドルものです。アイドル聖女ものでございます。

意味が分からないと思われた方は、ぜひ、本編をお読みいただければと思います。

本編をお読みいただいた方には、きっとご理解いただけるはず。

この話は、恋愛禁止の聖女を四十歳まで務めあげたソフィアのセカンドライフのお話です。

人間、四十歳くらいになると、社会的責任が重いことに加えて、体力も落ちていきますから、なかなか新しいことを始めるのは億劫になります。

そんな年齢からのソフィアの新しい人生。

何歳でも恋は出来る。夢も追える。そんな気持ちを込めて、ＷＥＢの企画に参加した作品です。

書籍化にあたりまして、本編も大幅加筆改稿し、後日談等も書きおろしております。

ＷＥＢ版をお読みいただいた方にも、楽しんでいただけると嬉しいです。


そして、紙面を借りて御礼を。

美しいカバーイラストおよび、挿絵を描いていただきました安野メイジさま。

四十歳のヒロインという難題を引き受けてくださっただけでなく、丁寧に作品を読みこんでくださり本当にありがとうございました。

また、『ワケアリ不惑女の新恋企画』を企画してくださった長岡更紗さま。

長岡さまの企画がなければ、絶対に私はこの話を思いつかなかったと思います。

企画のおかげで、何歳の恋でも物語になることに気づきました。本当にありがとうございます。

そして担当のOさまはじめ、SQEXノベル編集部のみなさま。

まさかの四十歳ヒロインの話を拾ってくださり、本当にありがとうございます。

お話をいただいたとき、本当にびっくりしました。

新しいレーベルに参加させていただくことができて、とても光栄で夢のようです。

最後に、いつも応援してくださる読者さま。そして支えてくれる家族。

何より、この本を手に取ってくださったあなたに、心からの感謝を。


この本があなたにとっても、夢のつまった世界であることを願って。

令和三年の冬に

秋月忍

マンガUP!
毎日更新
名作&新作100タイトル超×基本無料=最強マンガアプリ!!
GC UP! 毎月7日発売
失格紋の最強賢者 ～世界最強の賢者が更に強くなるために転生しました～
原作:進行諸島(GAノベル/SBクリエイティブ刊) 漫画:肝匠&馮昊(Friendly Land)
キャラクター原案:風花風花
魔王学院の不適合者 ～史上最強の魔王の始祖、転生して子孫たちの学校へ通う～
原作:秋 漫画:かやはるか
キャラクター原案:しずまよしのり
転生賢者の異世界ライフ ～第二の職業を得て、世界最強になりました～
原作:進行諸島(GAノベル/SBクリエイティブ刊) 漫画:彭傑(Friendly Land)
キャラクター原案:風花風花
神達に拾われた男
原作:Roy 漫画:蘭々
キャラクター原案:りりんら
冒険者ライセンスを剥奪されたおっさんだけど、愛娘ができたのでのんびり人生を謳歌する
原作:斧名田マニマニ(GAノベル/SBクリエイティブ刊) 作画:唯浦史
構成:渡辺樹 キャラクター原案:藤ちょこ
ここは俺に任せて先に行けと言ってから10年がたったら伝説になっていた。
原作:えぞぎんぎつね(GAノベル/SBクリエイティブ刊)
作画:阿倍野ちゃこ
ネーム構成:天王寺きつね
キャラクター原案:DeeCHA
勇者パーティーを追放されたビーストテイマー、最強種の猫耳少女と出会う
原作:深山鈴 漫画:茂村モト
https://sqex.to/mup
※一部アプリ内課金あり
●「攻略本」を駆使する最強の魔法使い ～<命令させろ>とは言わせない俺流魔王討伐最善ルート～
●おっさん冒険者ケインの善行
●二度転生した少年はSランク冒険者として平穏に過ごす ～前世が賢者で英雄だったボクは来世では地味に生きる～
●最強タンクの迷宮攻略～体力9999のレアスキル持ちタンク、勇者パーティーを追放される～
●異世界賢者の転生無双 ～ゲームの知識で異世界最強～
●落第賢者の学院無双 ～二度目の転生、Sランクチート魔術師冒険録～ 他
©Ezogingitune/SB Creative Corp. ©Shinkoshoto/SB Creative Corp. ©SHU 2019
©Manimani Ononata/SB Creative Corp. ©Roy ©Suzu Miyama Licensed by KADOKAWA CORPORATION

SQUARE ENIX WEB MAGAZINE
ガンガンONLINE
オンライン
毎日更新
GC ONLINE 毎月12日発売
不機嫌なモノノケ庵
ワザワキリ
月刊少女野崎くん
椿いづみ
スライム倒して300年、知らないうちにレベルMAXになってました
原作：森田季節（GAノベル／SBクリエイティブ刊）
漫画：シバユウスケ
キャラクター原案：紅緒
性別「モナリザ」の君へ。
吉村旋
たとえばラストダンジョン前の村の少年が序盤の街で暮らすような物語
原作：サトウとシオ（GA文庫／SBクリエイティブ刊）
作画：臥待始
キャラクター原案：和狸ナオ
私がモテないのはどう考えてもお前らが悪い！
谷川ニコ
魔法陣グルグル2
衛藤ヒロユキ
わたしの幸せな結婚
原作：顎木あくみ（富士見L文庫／KADOKAWA刊）
漫画：高坂りと
キャラクター原案：月岡月穂
最強WEB雑誌！
https://www.ganganonline.com/

月刊ビッグガンガン
BG
毎月25日発売
BG COMICS ビッグガンガン 毎月25日発売
薬屋のひとりごと
原作：日向夏（ヒーロー文庫／主婦の友インフォス）
作画：ねこクラゲ 構成：七緒一綺
キャラクター原案：しのとうこ
シノハユ
原作：小林立
作画：五十嵐あぐり
父は英雄、母は精霊、娘の私は転生者。
原作：松浦（カドカワBOOKS）
作画：大堀ユタカ
キャラクター原案：keepout
ゴブリンスレイヤー
原作：蝸牛くも（GA文庫／SBクリエイティブ刊）
作画：黒瀬浩介
キャラクター原案：神奈月昇
怜-Toki-
原案：小林立
漫画：めきめき
ハイスコアガールDASH
押切蓮介
咲-Saki-阿知賀編 episode of side-A
原作：小林立
作画：五十嵐あぐり
BADON
オノ・ナツメ

SQEXノベル

この度、私、聖女を引退することになりました

著者
秋月忍
イラストレーター
安野メイジ

2021年4月7日　初版発行

発行人
松浦克義

発行所
株式会社スクウェア・エニックス
〒160－8430
東京都新宿区新宿6－27－30　新宿イーストサイドスクエア
（お問い合わせ）スクウェア・エニックス　サポートセンター
https://sqex.to/PUB

印刷所
中央精版印刷株式会社

担当編集
大友摩希子

装幀
AFTERGLOW

ISBN978-4-7575-7191-4 C0093　Printed in Japan